Carlo Klausens

REGIERUNGSROMAN
[5.5.25]

In seiner REGIERUNGSROMAN-Romanovelle strebt dieser Carlo Klausens den Ereignissen nach, welche an jenem Tag, jenem 5.5.2025 [5.5.25] abgespult werden könnten und auch tatwahrwesentlich dann geschehen sein sollen. Knut-Olaf Walsberger nämlich ging bei den Bundestagswahlen seines Mandats verlustig, so wie die ganze Partei, die FDP. Damit kämpft er, der Knut-Olaf. Ohne Mandat ist er leer, depressiv, unruhig. Wir sehen ihn auf dem Weg von Berlin-Charlottenburg Richtung Mitte. Seine Partnerin Iffa arbeitet bei der Bahn, als Juristin, hat gerade drei Tage Urlaub. Aus Unternehmungen oder Ausflügen des Paares scheint jedoch nichts zu werden. Knut-Olaf geht stattdessen, zu Fuß, in Richtung Regierungszentrale, Parlament und Paul-Löbe-Haus. Die SPD verkündet heute ihre Ministerien-Personal-Entscheidungen, Olaf Scholz erwartet seinen „Großen Zapfenstreich" und der Koalitionsvertrag soll auch noch öffentlichkeitswirksam unterschrieben werden. Die Welt ist in Unordnung. Das sowieso. Dann noch die Zölle-Heils-Bewegung.

CARLO KLAUSENS verzehrt unser klägliches Dasein und doch kennt er kaum seine Verluste. So erkühlt er das Ausheben über scheinbarste Frustbären. Sein Name kann cool instrumentiert sein, beweist uns aber, dass sich diesem Schreibabhaltmacher und Wort-seins-Schaller keine Freizögerkeit, aber einiges an Nachhandlungen zuteilen ließe. Nur dieser Tag im Mai könnte zur Entehrung der ewigen Soße (ja, als ewiger Krieg) heranpreschen. Klausens schreibt auch LIVE-Gedichte, gewiss, er erklimmt zudem immer wieder mal jene Petizetten. Es entstehen dann auch noch solcherleiliche Text-Tröten. Er wandert stets auf Büchern, Zitaten, Allerlei-Leipzigerlei und Veganistenalarm. Außerdem sind da jene Blogs in seinen Leib gedrückt. Nun lableuchtet vor uns wieder einmal der eine Roman des breiwillentlichen Tages. Erst die Menschen nach unserer Zeit werden erknabbern und vergelten können, was wir an ihm dachten, wollend unterlassen-getan zu haben haben. Insgesamt ist es kaum schroff, was euch damit berührt sein würde. Dennoch: Dieser Mensch kann nur von sich speien, was ein holdes Seelgemenge ihm zuerflennt. So wie alle Kaltpatrizier von beerigen Wortmänteln umtost werden und weiterhecheln müssen. Zur Wut auf keinerlei Ende. Diese Welt scheint drohnal und insgesamt raketenmäßig versohlt. Tägehrlich.

Carlo Klausens

REGIERUNGSROMAN
[5.5.25]

Romanovelle von 120 Seiten

Bibliografische Information der Deutschen Nationalbibliothek: Die Deutsche Nationalbibliothek erfasst diesen Buchtitel in der Deutschen Nationalbibliografie. Die bibliografischen Daten können im Internet unter http://dnb.dnb.de abgerufen werden.

Umschlag: Erstellung, Copyright für alles
© Carlo Klausens, Hauptschrift: Myriad.
Lektorat: Carlo Klausens.
Endredaktion: Carlo Klausens.

——
ISBN: 978-3-8192-1014-3
Erste Auflage Mai 2025
Verlag: BoD · Books on Demand GmbH,
Überseering 33, 22297 Hamburg,
bod@bod.de
Druck: Libri Plureos GmbH,
Friedensallee 273, 22763 Hamburg

www.klausens.com
[Copyright]
© Carlo Klausens – info@klausens.com

AB DAFÜR

Da, wo wir regiert werden, fallen Späne.
Reichtum gründet sich in Hoch-Zerrissenheit.
Bibbernde Tiger springen über die Abgründe.

Zu viele Landstriche versinken in Kriegen.
Überall wird schnell mal gebombt. Gedrohnt!
Wildeste Hasstiraden scheinen unvermeidlich.

Zecken suchen sich ihre Macht. Fiese Tiere.
Alles, was wir wissen könnten, wäre Ungewisses.
Unsere Welt soll zerspalten werden. Blutorgien.

Wer oder was wäre die Zielstelle der Vernunft?
Welcher Idiot würde denn nur Gutes (für) uns tun?
Warum sind Präsidenten so oft eine Gefahr?

Kellerasseln tuschelten erneut böse vor sich hin.
Parlamente könnten wieder mal gestürmt werden.
Nachher wird natürlich per Amnestie vergrault.

Sie attackieren die Demokratie. Immerzu.
Aber die tun so, als könne kein Schäflein muhen.
Welche Wahl haben wir, hey, in aller Ungemach?

Das also ist die Lage.

Heute stellen die von der SPD ihren Anteil am Kabinett vor, öffentlich wird im Berliner Gasometer der Koalitionsvertrag unterzeichnet.

Morgen die Wahl von Merz.

Wir werden es wieder erfahren, wenn langweilende Politiker und Politikerinnen vor uns treten, sich in den Bildschirmen drängeln, sich nach dem Streamen und Gestreamt-Werden drängen und meinen, sie wären wichtig.

Sind sie aber nicht.

Walsberger saß da und schüttelte den Kopf. Er wäre nicht dabei heute, er würde heute nicht passieren, denn er war jenseits und außerhalb der Politik. Die Kaffeemaschine machte alle paar Sekunden Geräusche, etwas wie ein Klicken – so wusste man: Sie war noch an, der Kaffee würde im Glasbehälter immer noch geheizt, aber nach einiger Zeit wäre da schlechter Geschmack.

Iffa, seine Kollegin von einst, nun seine Gattin von heute, trank lieber Tee. Sie wusste, dass es heute schwer werden würde, mit ihm, mit Walsberger, Knut-Olaf Walsberger. Morgen auch. Diese neue Regierung aus CDU und SPD konnte keine Freude erzeugen. Überhaupt, alles, was so passierte, schien dem fröhlichen Teil des Daseins wenig zugeneigt.

„Iffa, was stand heute auf dem Programm?"

„Nichts, denn du gehörst nicht dazu Knut-Olaf, du nicht."

„Aber ich war doch auch mal Teil der Maschinerie."

„Gewiss, die Dinge ziehen aber vorbei. Nach deinen ganzen Ängsten und durchwachten Nächten war es doch gut, dass du deinen Rückzug bekanntgegeben hast, das war sehr gut."

„Aber dann war die FDP draußen."

„Beide Ereignisse haben sich quasi überlappt. Du weg, die FDP auch. Ab morgen dann eine Bundeskanzlerei von Merzens Gnaden. Alle fragen sich, was kommt."

„Aber, Iffa, sollen wir heute wirklich nur rumsitzen?"

„Du bist immer noch politikgeschädigt, Knut-Olaf, also solltest du dich auch von allem fernhalten und erst einmal an deine eigene Gesundheit denken."

„Als Sprecher der Partei im Innenausschuss fühlte ich mich richtig wohl."

„Du wolltest ja auch Minister werden, aber es kam ja nicht dazu. Jetzt bist du ganz raus. Das scheint mir auch richtig gut."

„Dr. Strümpmann hat mir Strethoberzyn verordnet, 3 x 2 Kapseln pro Tag."

„Ja, Knaf, ja." Iffa zog gerne Knut und Olaf zu dem neuen Kurznamen „Knaf" zusammen. Sie war dann extra zärtlich.

Hätte man Iffa gefragt, was sie von allem halte, hätte sie geantwortet: „Nichts!"

Sie war damals bei den Jusos gewesen, hatte dann Jura studiert (Politik und Jura, das war quasi eine Einheit), um irgendwie und irgendwo in den Räumen vom Parlament oder von einem Ministerium oder von einem Abgeordneten unterzukommen. Sie wollte Karriere machen, irgendwie schon: in der Politik.

Die Dinge waren anders gekommen. Ihr Lebensgefährte war der Politiker, sie selber war bei der Bahn tätig, ja, dieser wundervollen Deutschen Bahn, die so wunderbar funktionierte.

Die heiße Phase beginnt: Die Deutsche Bahn (DB) nimmt am 19. Mai 2025 das neue elektronische Stellwerk (ESTW) „Linker Rhein" in Betrieb. In den vergangenen fünf Jahren hat die DB hierfür u.a. 400 Kilometer Kabel verlegt und 200 neue Signale installiert. Ab 2. Mai 2025 geht das Projektteam nun in den Endspurt: Die Technik wird auf Herz und Nieren geprüft, damit sie an das Bestandsnetz angeschlossen werden kann. Während der notwendigen Sperrung der Strecken werden über 100

Signale und weitere nicht mehr notwendige Anlagen demontiert und die restlichen 15 neuen Signale montiert. Um den Betrieb vollständig von der alten auf die neue Technik umzuschwenken, muss die neue Technik an die bestehenden neun Randstellwerke angeschlossen werden.

So liest man bei der Bahn, aber in Wirklichkeit war die Strecke Köln, Bonn, Koblenz auf der linken Rheinseite etliche Tage ab 2.5.25 dicht. Ohne Wortpopanz. Dicht! Zu! Schaute man für abfahrende Züge ab Bahnhof Bonn, fand man nur noch Euskirchen als Ziel. Ein kleiner Horror wurde für die kommenden Tage befürchtet.

Zwei Wochen lang ist der Bahnknoten zwischen Köln und Bonn voll gesperrt. In der Zeit sollen die Stellwerke modernisiert werden. Zahlreiche Regionalbahnen und Fernzüge fallen aus oder werden umgeleitet.

Der Bahnknoten zwischen Köln und Bonn ist seit Freitagabend (02.05.) für gut zwei Wochen lang voll gesperrt.

Iffa saß in Berlin, sie wusste von diesen Dingen. Die Baustellen überschlugen sich, die Sperrungen stapelten sich, niemand wusste noch gut von der Bahn zu sprechen. In der Kantine wurde wieder und wieder der Name Mehdorn erwähnt, denn der hatte ja begonnen, die Bahn auszutrocknen, um sie an die Börse zu bringen. Dieser ganze Murks dauerte eigentlich bis heute an, denn seitdem war die Bahn dem Untergang geweiht.

Iffa sprach selber nie von den Dingen, sie verdiente gutes Geld bei der Bahn. Einzig die bevorstehende monatelange Sperrung Berlin–Hamburg machte ihr Sorgen, weil sie ihre Mutter regelmäßig per Zug besuchte. Die wohnte mit 89 Jahren in Hamburg-Harburg.

Knut-Olaf beneidete seine Frau um die gute Stelle, den schönen Blick aus dem hoch gelegenen Büro. Zugleich stellte er es sich aber langweilig vor, da die Zeit abzusitzen und immer unangenehme Akten abarbeiten zu müssen. Wollte man zweispurig werden, wo man einspurig war, musste man sich oft um Grundstücksfragen kümmern. Bisweilen waren Enteignungen anzudenken. Nein, keine Freude.

„Knut-Olaf, was wirst du heute tun?"

„Iffa, ich weiß es doch nicht. Die Zeit will nicht vergehen. Soll ich mich mit der neuen Regierung befassen? Oder soll ich mir 4 Extra-Kapseln Strethoberzyn gönnen?"

„Mach' keinen Mist! Dein Körper wird es nicht

goutieren, Knut-Olaf. Nein, nein, nein."

„Iffa, wir könnten doch zusammen abhängen. Du hast dir doch drei Tage am Stück freigenommen. War nicht die Idee, dass wir was Schönes zusammen machen?"

„Zuallererst müssen die Aktenordner in den Keller, weil der Mann von der Telekom kommen soll. Der braucht Platz. Du weißt es ja: Mit dem DSL stimmt was nicht, weil wir immer wieder das Ruckeln haben."

„Aber du verfügst doch im Büro über deine tolle Verbindung. Die Bahn macht's!"

„Knaf, du aber sitzt nun jeden Tag zuhause und willst an allem noch teilhaben. Du bist der Grund, dass wir unsere Leitung checken lassen. Stell dir vor, der Merz ist beim Stein...dings, und bekommt seine Urkunde, und dann hast du nur Schnee auf deinem Monitor."

„Das Kabel funktioniert ja noch. Ich schau ehe lieber am Fernseher."

Iffa trank etwas von ihrem Tee und sorgte sich um ihren Knut-Olaf. Ein Politiker ohne Amt, dazu in Depression, dazu insgesamt kränklich wirkend, das war schon eine Sache für sich.

Heil wollte sich ja auch zurückziehen, aus der ersten Reihe. Hatte er gestern verkündet, um der

Namensnennung der SPD-Riege zuvorzukommen. Heil war nicht mehr erwünscht, also konnte er auch nichts Bedeutendes in der SPD machen. Er, Heil, der auch mal Geschäftsführer war, dann Arbeitsminister, wäre er nicht ideal für den Fraktionschef gewesen? So dachte wohl Heil selber, aber der war ja nun raus.

Iffa kannte sich nicht aus, bei allem. Sie hörte da was und hier was, am meisten wusste sie über Knut-Olaf, der aber auch raus war.

Das geht so schnell. Dann sind die raus, und doch marschiert die Walze weiter. Dabei hatte die SPD keinerlei Ausstrahlung, machte dennoch weiter und weiter und weiter. Eine 16-%-Partei, ein Nichts. Dennoch sprachen alle von der „Großen Koalition", de facto ein Witz. Und die CDU hatte ja auch nur 22 % oder so. CDU und CSU wären zusammen bei 28,6 % . – „Groß" als Doppelwitz zweier/dreier Parteien. CDU/CSU/SPD-Koalition.

Links waren die gesammelten Erststimmen zusehen, die SPD betrog sich selber, wenn sie auf die 20,1 % verwies. Rechts aber standen die bedeutungsvollen Zweitstimmen.

16,4 %! Volkspartei!

Mit 16,4! Volkspartei!?!?!?!

Partei	Stimmen	%	+/-	Stimmen	%	+/-
SPD	9.936.433	20,1	-6,3	8.149.124	16,4	-9,3
CDU	12.604.184	25,5	+2,9	11.196.374	22,6	+3,6
GRÜNE	5.443.393	11,0	-2,9	5.762.380	11,6	-3,1
FDP	1.622.912	3,3	-5,4	2.148.757	4,3	-7,1
AfD	10.177.318	20,6	+10,4	10.328.780	20,8	+10,4
CSU	3.272.064	6,6	+0,6	2.964.028	6,0	+0,8
Die Linke	3.933.297	7,9	+3,0	4.356.532	8,8	+3,9

Knut-Olaf beschaute sich zum x-ten Mal die Ergebnisse. Er hatte sich das ausgeschnitten, um darüber „zu meditieren", wie er dann verkündete. Seine FDP bei nur 4,3 %. Raus! Er auch raus! Alle raus! Was wohl der Christian machen würde? Aber der war ja frischer Vater, da vergingen die ersten Monate schneller als bei ihm.

Knut-Olaf litt an der Nichtigkeit.

Einmal war er beim ntv-Frühstart gewesen, da hat man ihn den ganzen Tag zitiert. Das war toll gewesen. Er hatte auch sieben oder acht Gespräche morgens beim Deutschlandfunk gehabt. Auch ganz tolle Sache! Die machten immer eine Meldung daraus, und dann kam das viele Male am Tag in deren Radionachrichten.

Man konnte auch schön was fordern. Er hatte sich dafür stark gemacht, alle Parkbänke nachts mit abschließbaren Schutzhüllen zu versehen, damit sich nicht Leute daraufsetzen oder gar -legen konnten. Eine ganz neuartige Forderung, sehr ungewöhnlich. Mit viel Publicity, RTL hatte ihn sogar in diese Politiksendung eingeladen. Wie hieß die noch? Diese „Tagesthemen", aber hier im RTL-Stil. Wofür Jauch dann die Quizsendung unterbricht. Klug erdacht von RTL. Jauch ist aufgezeichnet, die Unterbrechung im Tagesthemenstil aber live.

Ganz toll waren die Sitzungen, wenn alles begann. Erster Zusammentritt eines neuen Parlamentes, super, weil Phoenix die Leute live in den Wandelgängen des Reichstages dann befragt. Auch schön war die Wahl des Bundespräsidenten gewesen. Aber nun: aus und vorbei! Für Knut-Olaf zumindest.

„Knut-Olaf, du wirkst so abwesend!"

Iffa machte sich ihre Sorgen. In drei freien Tagen würde sie ihn kaum „hochbringen", Knut-Olaf war so im Down drin. Bislang gab es keine Idee, was er tun könne oder tun solle.

Bei den Fußballspielen der Abgeordneten-Mannschaft würde er noch mitmachen dürfen, auch ohne Mandat, das hatte ihm Hanns Gleders versichert. Alles weitere stand in den Sternen.

„Willst du nicht Berater werden? Oder Reden halten? Dich einladen lassen? Der Bosbach macht das schon einige Zeit. Der ist zudem so oft im Fernsehen, dass keiner richtig weiß, dass er kein Mandat mehr hat."

„Bosbach ist CDU, Iffa. Außerdem hat seine Tochter den Sitz für Bergisch-Gladbach übernommen quasi."

„Ja, Direkt-Mandat. Du bist immer nur über Liste reingekommen."

„Die FDP ist keine Direktmandatspartei. Das wissen wir beide zur Genüge."

Iffa stand auf und schickte sich an, Hausarbeiten zu machen. Knut-Olaf starrte weiter auf die Wahlergebnisse. Die kleinen Parteien hatte er gedanklich abgeschnitten. Die störten nur. Bei „Die Linke" war Ende seiner Wahl-Liste. Schon die „Freien Wähler", obschon 1,5 % der Stimmen, interessierten ihn nicht mehr.

FREIE WÄHLER	769.279	1,5	-0,9
Tierschutzpartei	482.201	1,0	-0,5

Partei	Stimmen	%	+/-
dieBasis	85.373	0,2	-1,2
Die PARTEI	242.741	0,5	-0,5
Team Todenhöfer	24.553	0,0	-0,4
PIRATEN	13.800	0,0	-0,3
Volt	355.262	0,7	+0,4
ÖDP	49.764	0,1	-0,1
SSW	76.138	0,2	±0,0
Verjüngungsforschung	303	0,0	-0,1
PdH	14.294	0,0	-0,1
Bündnis C	11.768	0,0	-0,1
BP	12.278	0,0	±0,0
MLPD	19.551	0,0	±0,0
MENSCHLICHE WELT	694	0,0	±0,0
PdF	21.388	0,0	±0,0
SGP	425	0,0	±0,0
BüSo	676	0,0	±0,0
BÜNDNIS DEUTSCHLAND	76.372	0,2	-
BSW	2.472.947	4,981	-
MERA25	6.994	0,0	-
WerteUnion	6.736	0,0	-
Übrige	-	-	-0,5

„Iffa, dein Klingbeil soll ja Finanzminister werden!"

„Knaf, das sind alte Kamellen. Der Klingbeil macht ja auch einfach weiter, als wäre nix. Nur die Esken, die könnte geopfert werden. Ansonsten guckt die

SPD nicht nach links, nicht nach rechts. Immer nur ‚nach weiter', ja, ja."

„Nächste Wahl dann die SPD mit 10 %?"

„Ich schließe nichts aus, Knut-Olaf. Nichts. Aber es ist ja nicht meine SPD, ich bin nur einfaches Mitglied. Du warst in der FDP ein wichtiger Mann, bist es heute noch."

„Ich lese dir vor, was zum Klingbeil bezüglich Fraktionsvorsitz bei der SPD steht."

Lars Klingbeil

Politische Laufbahn
Seit Februar 2025 Vorsitzender der SPD-Bundestagsfraktion
Seit Dezember 2021 Parteivorsitzender der SPD
2017 bis 2021 Generalsekretär des SPD-Parteivorstandes
2013 bis 2017 Vorsitzender der Landesgruppen Niedersachsen/Bremen der SPD-Bundestagsfraktion
2013 bis 2017 Netzpolitischer Sprecher der SPD-Bundestagsfraktion
Seit 2009 Mitglied des Deutschen Bundestages (Wahlkreis Rotenburg I/ Heidekreis)
2003 bis 2007 stellvertretender Bundesvorsitzender der Jusos

Lebenslauf
2001 bis 2003 Mitarbeiter im Abgeordnetenbüro von Bundes-

kanzler Gerhard Schröder und Heino Wiese
  1999 bis 2004 Studium der Sozialwissenschaften
  1998 bis 1999 Zivildienst in der Bahnhofsmission Hannover
  1998 Abitur

Mitgliedschaften (Auszug)
  Sozialdemokratische Partei Deutschlands (SPD); Industrie-gewerkschaft Bergbau, Chemie und Energie (IG BCE); Arbeiterwohlfahrt (AWO); Freiwillige Feuerwehr Munster; Verkehrs-wacht Munster-Bispingen e.V.; Verein Sprungbrett e.V.; Verein der Förderer und Ehemaligen des Gymnasiums Munster e.V.; Sozialverband Deutschland (SoVD); D64 - Zentrum für Digitalen Fortschritt; Lions Club Munster.

„Kein Jurist?"
  „Offenbar nein! Ungewöhnlich!"
  „Bei der SPD gab es ja auch echte Arbeiter, die dann Betriebsräte wurden, und so in die Politik gerieten, bis zum Mandat!"
  „Und die Nahles leitet die Arbeitsagentur. Wow! Die war doch auch mal in der SPD der Boss."

Knut-Olaf griff zum Handy. Er schrieb eine SMS an Hanns Gleders, ob man bald wieder ein Spiel habe, Bundestagsmannschaft, und ob es dann auch Trainingstage gäbe.

Gleders schrieb zurück, erst einmal müsse die Regierung stehen. Er habe selber verdammt viel Stress wegen allem. Schließlich komme die CDU in die Kanzlermacht. Das beträfe die gesamte Fraktion. Er wisse zudem nicht, wie er mit Spahn als neuem Fraktionschef zurechtkäme.

Knut-Olaf überlegte, ob Gleders beim „Großen Zapfenstreich" von Scholz dabei wäre. Heute abend. Wer durfte eigentlich dabei sein, an Gästen? Mussten die nicht extra einbestellt werden? Gästeliste und so? Aber Gleders und Scholz dürften kaum Berührungspunkte haben, außer: Beide waren Juristen.

Knut-Olaf schrieb eine SMS an den seinigen Sohn in Karlsruhe, ob er demnächst nach Berlin käme. Der winkte schriftlich ab: „Kommen von der Idee gern. Aber ich muss viel verreisen die nächsten drei Wochen. Eigentlich zwei Monate. lg, Ulf."

Ulf war der Sohn von Knut-Olaf, aber noch aus der Zeit mit Silke-Sila. Er und Iffa als Paar hatten keine Kinder bekommen. Iffa hatte allerdings viel Zeit nötig, weil die Mama in Hamburg-Harburg so kränklich war.

Die Tochter von Knut-Olaf (und Silke-Sila) lebte in Potsdam, Heidemarie. Die war in Babelsberg in den Filmstudios in der Verwaltung beschäftigt. Hatte

Jura studiert, natürlich! Aber für die Politik nie Interesse gehabt.

Knut-Olaf hatte Angst vor diesem Tag. Deutschland war in Unruhe, es fehlte das Vertrauen, die Werte von Merz waren nicht gut. Überhaupt: Niemand glaubte wirklich, die Dinge könnten besser werden. (Aber im Stillen hofften es alle. Zumindest mal keine Regierung, wo öffentlich Regierungsschlammschlachten ausgetragen wurden.)

Knut-Olaf gab intern gerne zu, dass seine FDP sich besonders mies verhalten hatte und den größen Anteil an der Selbst-Demontage der Ampelregierung hatte. Öffentlich, beim „rbb" z. B., würde er aber immer Christian verteidigen. Christian hatte auch angedeutet, dass er sich Knut-Olaf eines Tages als Staatssekretär vorstellen könne. (Aber eine FDP, die raus und aus ist, kann keine Posten mehr besetzen. Mist aber auch!)

Knut-Olaf war verdammt unruhig. Iffa hatte die Teller in der Spüle, aber Knut-Olaf wollte nichts abtrocknen. Er stand auf, verließ die Küche, räumte etwas herum ... und dann hörte man die Wohnungstür, wie sie ins Schloss fiel.

Sie hatten ein Wohnung in der Nähe vom Stuttgarter Platz. In der Friedbergstraße. Berlin-Charlottenburg. Eine gute Adresse, von der Idee, aber nicht alle Seiten waren gleich gut. Der „Platz" zog sich längs der Bahngleise in die Länge. Es gab auch Elend und ärmliche Leute, dazu Drogenabhängige, was immer. Hing aber davon ab, wo man sich genau im und am Platz bewegte. Zudem gab es die Seite jenseits der Bahn, Gervinusstraße.

Dennoch hatten Iffa und Knaf ein paar gute Läden zum Essen quasi direkt vor der Tür.

Da Knut-Olaf und Iffa beide nicht super bekannt waren (auch wenn Knut-Olaf ab und an im Fernseher als Interviewgast war), konnten sie sich frei bewegen. Niemand würde ein Selfie wollen, niemand würde sie belästigen.

„berlin.de" beschreibt heute (hier nur mal) die Restaurants am „Stutti" so:

Restaurants

Rund um den Stuttgarter Platz und die Leonhardtstraße in Berlin-Charlottenburg findet man eine vielfältige Auswahl an Restaurants, die eine breite Palette an internationalen Küchen bieten. Das kulinarische Angebot reicht von traditioneller deutscher Küche bis hin zu exotischen Gerichten aus aller Welt. Diese Gegend, die weniger touristisch ist als andere Teile Berlins, ist bekannt für ihre entspannte Atmosphäre und eine hohe

Dichte an gemütlichen, familiengeführten Restaurants, Cafés und Bistros.

Brasserie Lamazère

Ein Besuch in der Brasserie Lamazère ist wie ein Trip nach Paris. In dem französischen Restaurant gibt es unverfälscht traditionelle Gerichte und eine gute Weinkarte. Kein Wunder, der Vater des Betreibers, Régis Lamazère, ist ein bekannter Sternekoch in Paris. Auch die Einrichtung im länglichen Gastraum – florale Bodenfliesen, dunkle Holzeinbauten, an Fleischerhaken hängende bretonische Schinken – lässt die Gedanken direkt an einen Pariser Platz führen. Im Sommer wird die Terrasse zur Weinbar umfunktioniert.

Restaurant Bruderherz

Das Restaurant Bruderherz in der Leonhardtstraße ist der Kiezitaliener. Die hand- und hausgemachte Pasta wird täglich frisch zubereitet und erfindungsreich mit außergewöhnlichen Zutaten wie z.B. Chimichurri in der Bolognese, ergänzt. Überhaupt lässt sich Tomasz Sokolowski gerne inspirieren und kocht neben italienischen Klassikern wie Risotto und Lasagne moderne Fisch- und Fleischgerichte mit phantasievollen Beilagen wie z.B. Doradenfilet auf Couscous mit Babyspinat und schwarzem Aioli, die eine Geschmacksexplosion hervorrufen können. Zu Trinken serviert der Chef eine Auswahl an Weinen aus Deutschland, Italien und Südtirol.

La Choza de la Anaconda

Außergewöhnlich ist auch das La Choza de la Anaconda in der Windscheidstraße, wo man Gerichte aus der Urwaldküche kennenlernen kann. Die Familie aus Peru, die das Unternehmen betreibt, hat bereits jede Menge Erfahrung in der Heimat gesammelt. An über 20 Standorten wurden dort die Gerichte, die sich durch ihre bunte Aromenvielfalt auszeichnen, angeboten. Im Berliner Betrieb mixt Küchenchef Franco traditionelle und moderne Gerichte aus dem Amazonasgebiet.

Dozo Ramen

In dem japanischen Restaurant Dozo Ramen in der Leonhardtstraße hat die japanische Nudelsuppe Ramen Vorrangstellung. Daher werden die Nudeln hier per Hand gemacht und die Brühen kochen täglich sehr lange ein, um den besonderen Geschmack zu erhalten. Das familiäre Restaurant kreiert auch vegane Gerichte.

Restaurant Dollinger

Das deutsche Restaurant Dollinger hat Tradition. Hier schme-

cken Schnitzel, hausgemachte Spätzle oder Leber Berliner Art ebenso lecker wie die modernen Kreationen aus der Küche – saisonale Gerichte der deutschen und regionalen Küche mit mediterranen Einflüssen. Von der Sonnenterrasse aus lässt sich das Treiben am lebhaften Stuttgarter Platz oder der Nachwuchs auf dem Spielplatz gegenüber beobachten.

Knut-Olaf lief einfach so herum. Er konnte nicht in der Wohnung bleiben, weil ihn die Unruhe gepackt hatte. Er überlegte ernsthaft, ob er zum Berliner Gasometer fahren solle, wenn da heute der Koalitionsvertrag unterzeichnet werden würde. Aber das war per se Quatsch! Was würde ein Ex-FDP-Abgeordneter da denn sollen? Die Leute würden ihn mit großen Augen angucken, danach käme das Bedauern.

Er kannte Lucia Paroli, die war in der Geschäftsstelle der CDU, also käme er ganz vielleicht hinein, wäre die da. Aber an den Blicken würde sich so nichts ändern.

Knut-Olaf Walsberger musste sich selber zugeben, dass er durch den Verlust des Mandates in eine fette Lebenskrise gerutscht war. Politik war sein Leben, die Bundestagsfußballmannschaft war sein einziges „Hobby", und am Ende war es ja auch Politik.

Ansonsten las er die Zeitungen, schön. Das konnte er jetzt intensiver tun, z. B. indem er sich in eine Bibliothek hockte und das tat, was viele Rentner und Rentnerinnen taten. Lesen.

Allerdings war Knut-Olaf erst 47 Jahre alt. Da lagen noch Jahrzehnte vor ihm. Ob die Bahn noch was Freies hätte. Da waren so viele aus der Politik untergekommen. Das wäre für ihn doch eine Option. Iffa könnte vielleicht was herbeiführen, zumindest würde sie wissen, wo wann was gebraucht würde. Pressesprecher könnte er auch, hatte er aber noch nie gemacht. Aber er schämte sich.

Iffa sollte ihn unterbringen? Was wäre das für ein Verlust von Ansehen und Würde!

Dann schon lieber mal Wilfried Kümmel anrufen, der arbeitete bei der IKHG-Bank, die hatten auch was in Brüssel am Start. Dann wäre er mehr der Lobbyist. Umziehen wollte er nicht, aber für die Bank hier in Berlin aktiv sein, das konnte er sich schon vorstellen. Hatte Bressers auch gemacht, oder die Wilke-Siebers, alle bei Banken gelandet.

Knut-Olaf rannte irgendwie durch Berlin.

Seltsam, aber so war es.

Er nahm weder die S-Bahn noch eine U-Bahn. Er ging durch Berlin, ohne Ziel, ohne Ideen, voller Unruhe.

Iffa hatte schon Nicoletta angerufen, die war Büroleiterin gewesen, im Paul-Löbe-Haus. Zudem war sie eine verdammt gute Freundin, derzeit selber im Ausstand, Baby Simonella war im April geboren worden, Anfang April.

„Nico, was treibst du. Kannst du sprechen?"

„Simonella liegt neben mir, sie döst. Ja, wir können reden."

„Also, mein Knaf ist aus dem Haus, ohne ein Wort. Ich mache mir richtig Sorgen."

„Ist der immer noch so unruhig?"

„Ja, klar. Die Kapseln vom Dr. Strümpmann wirken eher kaum, so würde ich mal als Laie sagen."

„Aber der Knut-Olaf war doch vom Typ her immer so ein leicht Nervöser."

„Stimmt. Nun aber ist der voll unzufrieden, schläft kaum und weiß mit seiner Zeit nichts anzufangen."

„Der muss sich umgewöhnen. Wann war die letzte Sitzung vom alten Parlament. Überleg' mal! Dieser Antrag zusammen mit der AfD – CDU und FDP waren ja fast schon psychotisch drauf. Wie lange ist es her?"

„Februar? Aber da war noch die Sitzung wegen der 500 Milliarden. Die kam ja auch noch."

Es ist der Tag der Emotionen, der Zwischenrufe. Mehr als einmal muss Bundestagspräsidentin Bärbel Bas zur Mäßigung ermahnen. Wenn es zu laut wird etwa: „Es ist besser, wenn wir uns gegenseitig zuhören." Oder Pfiffe aus der AfD-Fraktion kommen: „Wir sind hier nicht auf dem Fußballplatz."

Und es ist der Tag des Abschiedes. Eine Reihe von Abgeordneten verlassen, oft nach vielen Jahren, den Bundestag. CDU-Politiker Hermann Gröhe zum Beispiel, der in der Regierung Angela Merkel einst Gesundheitsminister und Kanzleramtsminister war. Gröhe sitzt in der dritten Reihe der Unionsfraktion und scheint jede Minute noch einmal zu genießen. Er applaudiert und ruft dazwischen, loslassen geht noch nicht: „Peinlich" ruft er Habeck zu und Scholz ein „Und Tschüss".

„So, Iffa, heute ist der 5.5.2025, das sind vielleicht knapp 3 Monate. Das ist doch so gesehen nichts!"

„Aber seit dieser Zeit habe ich zuhause den Ärger mit Knaf. Der ist quasi immer zuhause, ich muss ja auf Arbeit. Aber nun hatte ich drei Tage frei, der Mann von der Telekom soll kommen, das auch, aber Knut-Olaf rennt einfach davon und tapert durch Berlin."

„Ist sein Zustand denn bereits so verwirrt?"

„Ich weiß es nicht. Zuletzt hat er eine Liste erstellt, in welche Länder Israel Angriffe fliegt. Das sind etliche Länder. Das Netanjahu-Israel scheint ja nur noch herumzubomben. Die Liste war schon ziemlich erschütternd."

„Aber dein Knaf war doch nie im Auswärtigen unterwegs. Warum erstellt er solche Listen?"

„Weiß ich auch nicht. Allein das sorgt mich schon."

„Will er da was schreiben?"

„Vielleicht. Aber seinen letzten Gastbeitrag hatte der in der F.A.Z, ist schon 6 Jahre her. Ein typischer Schreiber ist der nicht."

„Wieso keine Beratungsfirma? Der Joschka Fischer hat doch auch eine. Die sollen den Benko in Berlin eingeführt haben. Ja, und dann kam der Benko in den Knast. Schon seltsam, wo die ganzen Leute so landen. Aber der Fischer war Minister, der Knut-Olaf war immer nur Abgeordneter."

„Der ist einfach zu weich. Mir hat er immer gesagt, der Lindner würde ihn zum Staatssekretär berufen, eines nahen oder fernen Tages. Aber aus heutiger Sicht: alles Luftschlösser!"

„Iffa, vielleicht braucht der nur seine Zeit. Vielleicht nur das."

„Ich soll den durch Berlin irren lassen?"

„Du weißt doch gar nicht, was er tut. Vielleicht läuft er nur eine Bibliothek an und liest. Mach' dir nicht dauernd Sorgen."

Iffa beendete das Telefonat und sandte eine SMS an Knaf: „wo du bist?"

Antwort: „unterwegs."

Iffa: „und der mann wegen DSL?"

Antwort: „schaffst du doch alleine!"

Das war alles. Iffa konnte die Dinge nur zulassen. Zumal sie nicht wusste, wo er in Berlin war. Sie überlegte, ob sie zum Paul-Löbe-Haus ginge, einfach so, aus Sentimentalität. Abgeordneten-Sentimentalität. Sein Büro war aber ausgeräumt. Von den Mitarbeitern der FDP waren kaum Leute übrig, die mussten ja dann von anderen Parteien genommen werden, die nicht die FDP unterstützten. Das war eine echte Hürde, um übernommen zu werden.

Wlasko Ilic, Knut-Olafs enger Mitarbeiter, hatte es nicht geschafft. Niemand von den anderen Fraktionen wollte den. Der würde nun seine Doktorarbeit in Politologie fertigschreiben. Vielleicht käme er danach bei der Friedrich-Naumann-Stiftung unter.

Oder Steffi, eine richtig gute Schreiberin, die sprach von Babyurlaub, war aber immer noch nicht schwanger.

Der Praktikant Erich Altmühl war ins Fahrradbotengeschäft eingestiegen, für den Übergang. Er fuhr etliche Stunden aus, Tag für Tag. (Seitdem war er Anhänger der Forderung für einen deutlich erhöhten Mindestlohn. Kurios, weil die FDP solchen Dingen immer skeptisch gegenüberstand.)

Iffa glaubte nicht, dass er zu einem von denen Kontakt aufnehmen würde. Aber einmal ums Löbe-Haus, dazu die feine Fußgängerbrücke übers Wasser. Wäre immer eine Option.

Iffa befasste sich mit den Ordnern, die den DSL-Zugang, also die Wand-Buchse, versperrten. Sie sollten sowieso in den Keller. Da war also der Anlass jetzt gar nicht mal falsch.

Die Ordner enthielten noch Sachen aus ihrem Studium. Seminarpläne, Notizen, Mitschriften, Referate. Die waren ganz schön schwer.

Das Haus hatte einen Aufzug, sie selber eine klappbare Sackkarre. So fuhr sie drei Mal hoch und runter, dann waren etwa 16 Ordner verbracht.

Das Haus war vollkommen saniert. Die Kellerräume hatten alle eigene Stahltüren samt guten Schlössern bekommen. Iffa hatte früher mal in Kreuzberg gewohnt, Bergmannstraße, nahe der Markthalle am Marheinekeplatz. In dem Haus damals hatte man im Keller nur Verschläge aus Holzlatten, da konnte man nichts von Wert oder Bedeutung abstellen. Das war ganz klar.

Hier aber ging es. Eigentlich hätte sie die Ordner auch durchsehen können, vielleicht ausdünnen. Aber dazu kam es nicht. Sie war zu faul.

Im Aufzug traf sie Frau Träubner vom 1. Stock. Aber sie redeten nur dürftige Freundlichkeitssätze. Iffa war froh, im 4. Stock und wieder in der eigenen Wohnung zu sein.

Es klingelte, der DSL-Mann war da. Er hatte eine hohe Geschwindigkeit, in allem. Mehlenbächer sein Name. Sie verstand ihn kaum. Die reden immer so schnell, wenn es um ihre Namen geht, auch die von den Call-Centern, damit man sich nachher nicht beschweren kann, weil alles so unverständlich blieb.

Hast du keinen Namen sauber verstanden, kannst du später nur schreiben: „Der Mann von der DSL, also: der Telekom, der am 5.5.2025 zu uns kam." Oder: „Die Frau von der Post, vom Call-Center, mit dem kroatischen Akzent, die mit ...ilic hieß. Wir telefonierten am 28. April, weil sich die Packstation mit der App nicht öffnen ließ."

Mehlenbächer kniete sich hin, steckte was rein, schaute auf ein länglich-schmales Display, und sagte. „Alles okay." Sie sprach vom Ruckeln, z. B. beim Streamen, das könne doch so nicht okay sein.

Mehlenbächer aber sagte, die Leitung sei vollkommen in Ordnung. Er würde noch ein Oi-A-Testungs-Durchlauf machen. Irgendwelche Buchstaben nannte der.

Alles okay.

„Ich wechsle Ihnen noch die Dose."

In wenigen Sekunden fast war die Dose an der Wand gewechselt, wo man die DSL-Leitung einsteckte, die dann zum Router führte.

„Alles einwandfrei", schon war er wieder weg. Das waren wenigste Minuten.

Sie hatte keine Frage mehr stellen können. Wieso ruckelte es? Es müsste doch Gründe geben? Oder nicht? Wäre ein Monteur nicht da, um solche Fragen zu stellen? Oder gehörte das Ruckeln zu einem anderen Sachgebiet? Müsste dann jemand von der Firma kommen, die den Router hergestellt hatte?

Niemand konnte man fragen. Niemanden.

Alles lief über KI. Wenn man wo anrief, kamen automatisierte Ansagen, man musste Kundennummern einsprechen, und Anschlussnummern. Oder man konnte sie auch eintippen. Aber es war ein langer Weg, um aus dieser Computerschleife rauszukommen, damit man mal an einen echten Menschen gelänge.

Und diese waren dann Menschen, die Deutsch

mit Akzent sprachen, also offenbar im Ausland im Call-Center saßen. Dort wurden wiederum Routinen gepflegt, Schritte A und B und C. Wenn etwas nicht über Fernkontrolle zu lösen war, gab es den Termin mit dem Monteur. Zeitfenster vier Stunden. Irgendwann zwischen 8 Uhr und 12 Uhr käme der.

Und genau das war nun geschehen, 9:32 hatte der Mann geklingelt, 9:41 war der wieder raus. Aber das Problem mit dem Ruckeln, das war vermutlich immer noch nicht gelöst.

Iffa setzte sich an ihren Laptop und ging ins Internet. Sie streamte die letzte Sendung der Tagesschau, es ruckelte immer noch.

Die SPD-Minister und die -innen waren da! Namen! Sie schaute nochmals auf die Textmeldungen.

Finanzminister

Lars Klingbeil ist am bisherigen Höhepunkt seiner Karriere. Trotz der verlorenen Bundestagswahl wird der Parteivorsitzende nun Finanzminister und Vizekanzler.

Verteidigungsminister

Boris Pistorius ist der einzige SPD-Minister, der im Amt bleiben darf. Der zweite Niedersachse im Kabinett ist laut vielen Umfragen nach wie vor der beliebteste Politiker in Deutschland.

Ministerin für Arbeit und Soziales

Bärbel Bas wird die neue starke Frau in der SPD. Die ehemalige Bundestagspräsidentin ist eine der wenigen Abgeordneten mit Direktmandat. Seit 2009 hat sie ihren Wahlkreis in Duisburg immer direkt gewonnen. Ihr größtes Projekt im Arbeitsministerium dürfte die erneute Reform des Bürgergeldes werden.

Minister für Umwelt und Klimaschutz

Carsten Schneider wird Minister und bekommt das wichtige Umweltressort. Im Vergleich zur Ampelzeit wurde sein künftiges Haus kräftig aufgewertet.

Ministerin für wirtschaftliche Zusammenarbeit und Entwicklung

Noch ein SPD-Ministerium geht an eine Ostdeutsche. Die bisherige Staatsministerin für Migration, Flüchtlinge und Integration, Reem Alabali-Radovan, ist die Überraschung im sozialdemokratischen Teil des neuen Kabinetts. Nun soll sie Ministerin für wirtschaftliche Zusammenarbeit und Entwicklung werden.

Justizministerin

Stefanie Hubig aus Rheinland-Pfalz war eine der Favoritinnen auf das Amt der Bundesjustizministerin. In der SPD gilt ihr zukünftiges Ministerium als Gegengewicht zum CSU-geführten Innenministerium.

Ministerin für Wohnen, Stadtentwicklung und Bauwesen

Verena Hubertz hat ähnlich wie Alabali-Radovan in der SPD eine Blitzkarriere hingelegt. Die Bundestagsabgeordnete aus Trier ist erst seit 2021 im Bundestag. Schon in der vergangenen Legislaturperiode war die 37-Jährige stellvertretende Fraktionsvorsitzende und damit an einer wichtigen Schaltstelle eingesetzt.

Beauftragte der Bundesregierung für Ostdeutschland

Die Thüringer Abgeordnete Elisabeth Kaiser wird Beauftragte der Bundesregierung für Ostdeutschland und damit Nachfolgerin des künftigen Umweltministers Schneider, der auch aus Thüringen kommt. Damit stehen alle Thüringer SPD-Bundestagsabgeordneten auf der Kabinettsliste. Das Amt der Ostbeauftragten ist künftig organisatorisch nicht mehr im Kanzleramt angedockt, sondern zieht ins Bundesfinanzministerium um.

Beauftragte der Bundesregierung für Migration, Flüchtlinge und Integration

Für das Amt der Beauftragten für Migration, Flüchtlinge und Integration setzt die SPD auf die hessische Abgeordnete Natalie Pawlik. Die 32-Jährige ist in Russland geboren und kam mit ihrer Familie als russlanddeutsche Spätaussiedlerin nach Deutschland. Bisher ist sie Beauftragte der Bundesregierung für Aussiedlerfragen und nationale Minderheiten. Jetzt steigt *sie zur Staatsministerin auf.*

Damit nominiert die SPD sechs Frauen und drei Männer für die neun Positionen im künftigen Bundeskabinett. Bei den echten Ministerinnen sind es vier Frauen und drei Männer. Vier Frauen sind unter 40. Ältester Minister ist Boris Pistorius.

Zwei Ministerinnen kommen aus Rheinland-Pfalz, zwei Minister aus Niedersachsen. Bayern, Baden-Württemberg, Berlin, Brandenburg, Hamburg, das Saarland, Sachsen, Sachsen-Anhalt und Schleswig-Holstein gehen leer aus.

Aha, sagte sich Iffa, aha. Sie wollte damit andeuten, dass sie nicht alle Namen kannte, dass sie aber froh über ein paar Frauen war, die offenbar Dinge bewegen könnten. Die Betonung lag auf dem Konjunktiv, denn die SPD, in der sie immer noch Mitglied war, schien eigentlich eine Unter-10-%-Partei zu werden.

Iffa hatte das Ruckeln nur loswerden können, indem sie von der gestreamten Sendung zu den TextMeldungen wechselte.

Eigentlich hatte sie gar nicht den Kopf für solche Dinge.

Weil aber heute und morgen die ganze Regierungssache auf den Höhepunkt zusteuerte, Zapfenstreich für Scholz heute, Wahl von Merz morgen, und weil Knut-Olaf als „arbeitsloser" Abgeordneter durch Berlin tigerte, musste sie sich mit den Dingen ja irgendwie doch befassen.

Dabei hatte sie drei freie Tage nicht nur für den Ruckelanschluss, sondern sie wollte eigentlich etwas unternehmen, mit „Knaf", also Knut-Olaf. Sie hatten ewig nichts unternommen, ewig. Aber würde man nachfragen, was „unternehmen" denn bedeute, hätte sie gar keine rechte Idee gehabt.

Einzig „Ausflug" oder „Spazierengehen" kamen ihr in den Sinn, Dinge wie Kino oder Museumsbesuche waren über Jahre nicht existent gewesen.

Dafür ging bei einem Angeordneten zu viel Zeit drauf, Lebenszeit. Alles drehte sich um Politik, viele Sitzungen. Oft bis in den späten Abend.

Sie war dann mit Knut-Olaf danach noch essen gegangen, das schon. Lokale gab es etliche, auch wo sich die Abgeordneten trafen, samt Anhang, weiblich wie männlich. Dann ging es von 22 Uhr bis 1 Uhr nachts noch in ein Lokal wie „Die goldene Haube", und so war es dann auch.

Iffa musste am nächsten Morgen immer wieder zu ihrer Arbeitsstelle am Potsdamer Platz, pünktlich um 8 Uhr, und Knut-Olaf würde auch immer gegen 8 Uhr in seinem Büro sein, Paul-Löbe-Haus. Da gab es keinerlei Vertun. Partylöwen als Abgeordnete, das ging so nicht. Wer spät noch im Lokal sitzen wollte, müsste dennoch morgens früh im Büro sein. Ein ungeschriebenes Gesetz.

Iffa würde jetzt erst einmal etwas einkaufen. Daran ginge kein Weg vorbei. Diese Aufgaben hatte sie stillschweigend übernommen, weil Knut-Olaf ja den wichtigen Teil seines Mandats innehatte. Da gab es keinerlei Zeit für Banalitäten wie den Einkauf.

Hätte seit Februar anders werden können, bei „Knaf", aber dem war nicht so, weil er seine „innere Mitte" noch nicht gefunden hatte. Knaf tigerte durch Berlin, war dem nicht so?

Aber was machten die anderen von der FDP? Ohne Mandat? Wie überwanden die ihre Leere?

Knut-Olaf kam nicht vorbei an diesem Bild. Trump als Papst. Sah aus wie eine Montage, vielleicht mit KI erstellt. Heute wurde alles und jedes mit KI erstellt, es gab etliche KI-Unterthemen. Im Prinzip könnte man jeden Tag eine Sendung machen:
-- KI bei der Geburtsvorbereitung
-- KI in der Außenpolitik
-- KI fürs Schreiben von Kinderbüchern
-- KI bei der Bauplanung

-- KI für die Gestaltung von Show-Räumen
-- KI in der Fehlersuche bei Internetverbindungen
-- KI für den gelungenen Raketenstart
Beim Deutschlandfunk gab es einen der unausweichlichen „Podcasts", alle Welt hatte heutzutage Podcasts, ohne einen Podcast lief nichts mehr.

Der beim DLF ging aber um „KI verstehen". Zwei aktuelle Themen-Beispiele:

01.05.2025 Explainable AI Wenn KI-Systeme nachvollziehbare Entscheidungen treffen

Ob Kredite, Jobs oder medizinische Diagnosen: Bei Entscheidungen darüber wird Künstliche Intelligenz bereits eingesetzt. Dabei sind die Einschätzungen komplexer KI-Systeme für Menschen oft kaum im Detail verständlich. Lässt sich das ändern?

24.04.2025 KI im Mittelstand Wie Firmen ihre Datenschätze clever nutzen

Künstliche Intelligenz krempelt bereits ganze Branchen um. Dennoch zögern mittelständische Unternehmen noch, verstärkt auf KI zu setzen. Die Hürden scheinen hoch, die Vorteile wenig greifbar. Doch konkrete Anwendungsfälle zeigen: Wer wagt, gewinnt.

Knut-Olaf hätte eine Stunde lang nur solche Themen-Sachen auflisten können. (-- KI für Bundestagsabgeordnete?) Die Leute träumten doch in KI.

Für jedes Problem warf jemand „KI" als Universal-kürzel ein.

„Ach, der Hund frisst nicht? Habt ihr es schon mit KI versucht?"

„Ach, das Auto springt nicht an. Lasst ihr denn keine KI da mal ran?"

„Ach, die beste Hochzeitstorte aller Zeiten? Kann das ohne KI denn gehen?"

Diese KI machte einen schon irgendwie fertig.

In seinem Büro hatte Wlasko Ilic damit rumge-macht und dann bestimmt 12 bis 14 Reden von und für Knut-Olaf so zustandegebracht. Mehr war aber KI-mäßig bei Knut-Olaf nicht.

Würde er ein Buch schreiben sollen? Er? Knut-Olaf? Was die Merkel konnte, allerdings mit Zweit-autorin, könnte er vielleicht alleine schaffen, mit KI. Er fragte sich nur, worüber er schreiben solle. Wer ein Buch verfasst, braucht auch ein Thema.

Aber bei der KI soll es angeblich so sein, dass man wenige Worte eingibt, Stichworte, und schon kommt etwas raus, aus alledem. Er könnte also „FDP" und „Wirtschaft" und „immer nur Steuersen-kungen" eingeben, dann hätte er vielleicht schon was. Den Rest macht die KI, für 235 Seiten sollte es reichen. Danach würde er sich an den NOMOS-Ver-lag wenden, ob die sein Buch drucken würden.

Er fand die Idee gar nicht mal schlecht. Leider waren alleine in den letzten zwei Wochen 44 Bücher von ehemaligen Abgeordneten erschienen, die nach der Neuwahl allesamt ihren Sitz im Parlament verloren hatten. Eine Buch-Inflation. Wer würde alles drucken? Wer würde alles kaufen? Wer würde alles lesen?

Es gab ja diesen Klausens, einen Schriftsteller, der immer behauptete, er schriebe Bücher am Tage selbst. So wie heute am 5.5.2025. Es sollte der „Regierungsroman" geschrieben werden, hieß es im Radio morgens noch.

Aber konnte man solchen Künstlern überhaupt noch glauben? Waren deren (angeblich) so konzeptuellen Werke nicht am Ende auch nur ein einziger KI-Betrug?

Knut-Olaf war sehr verunsichert, mit allem.

Er suchte seinen Platz im Leben, seinen Platz in der Phase vom „Nachbundestag", wie er es nennen wollte.

Positiv war der Einsatz von Dr. Strümpmann gewesen, bei dem auch andere Bundestagskollegen ein- und ausgingen. Das wusste Knut-Olaf. Aber niemand redete darüber.

Außerdem hatten Strümpmanns Medikamente-Kapseln ihre Wirksamkeit verloren. Knut-Olaf spürte gerade heute eine so sehr große Unruhe. Er ging zu Fuß durch Berlin und wollte sich des Lebens erfreuen. Das Wetter war okay. Hauptsache kein Regen. Aber mit Erfreuen war da nichts.

Wieder ein Kiosk, wieder Zeitungen mit dem goldenen Papst alias Trump als Blickfänger-Foto. Konnte so etwas möglich sein? Ein Präsident zeigt sich selber als Papst? Das waren keine Zeitschriften aus dem Feld der Satire, nein, selbst das „Weiße Haus" hatte dieses Bild gepostet.

Gibt es das denn? Ein Präsident, der sich so fern von jeder Idee von Würde, Moral und Charakter bewegt? Konnte es das geben? – Offenbar ja.

Knut-Olaf, der sich selber fortan als KO bezeichnen wollte, im Sinne von KOLOSSAL, konnte es nicht fassen. Es gab keine Grenze, die dieser Mann nicht überschritt. Keine! Dazu folgendes Problem. Nicht so sehr das (bei Trump fehlende) Katholische, sondern allgemein das Christliche! Also das, was man gerne als „christlich" sehen möchte: Mitgefühl, Helfen, Gnade, Seelsorge, sich um die Ärmsten kümmern, den Ausgestoßenen beistehen und … und … (Unabhängig davon, wie viele Seelsorger und Seelsorgerinnen solchen Idealen real dann gerecht würden!) Bergoglio (Jorge Mario Bergoglio) als Franziskus war doch dabei schon symbolisch (durch den von ihm gewählten Papst-Namen) überdeutlich.

Der alte Papst, der letzte (nun verstorbene) Papst, dieser Bergoglio, der hatte sich doch für die Armen und Entrechteten deutlichst eingesetzt, immer wieder.

Allein schon die Sache mit den Fußwaschungen bei Gefangenen. Symbolisierte Demut.

Trump aber agierte genau gegenteilig. Trump produzierte Hass auf Ausländer, Trump hatte so viele Entlassungen in Gang gesetzt und deshalb Armut erschaffen, in etlichen Familien. Trump hatte mit Abschiebungen begonnen, viele auch ungesetzlich, sogar gegen die Gerichte. Überaus erschreckend das Ganze, dabei ohne Erbarmen, ohne Christlichkeit, ohne jede Idee von Humanität.

Trump bezeichnet superschnell Leute als Verbrecher, zugleich aber gewährt er voller Absicht Verbrechern wie den von ihm „angeheizten" Parlamentsstürmern (6.1.2021, Kapitol, 5 Tote) Amnestie.

Alles ist Willkür, jedes widerspricht diesem, alles solchem. So funktioniert Trump. Das Christentum scheint ihm als Idee nicht einmal bekannt zu sein.

Papst Bergoglio und der selbsternannte Per-KI-Bild-„Papst" namens Trump. Da stimmt nichts.

Hinzu kommt dieser nervige Narzissmus bei Trump. Dazu das Dauer-Prahlen und die ständige Verdrehung von Millionen von Fakten.

Knut-Olaf schien ratlos.

Knut-Olaf ging auch ratlos durch Berlin.

Knut-Olaf verhielt sich seltsam, das auch. Aber das fiel keinem auf. In Berlin ist man an vieles gewöhnt.

An einer Straßenecke störte ihn plötzlich ein großgewachsener Mann, dunkle, fast schwarze Haare, der in einem sehr abgetragenen Trenchcoat herumging.

Der sprach Menschen an, wollte offenbar Geld.

Da Knut-Olaf selten durch Berlin ging, einfach so: gehen, bekam er von den vielen Menschen nichts mit, die hart an der Armutsgrenze agierten, agieren mussten, und nicht wussten, wie es weitergehen könne.

Die Wut auf das eigene Ich sprang nun um. Knut-Olaf ging den Mann an, er stieß ihn, er rempelte den auch noch an. Bald lag der Mann auf dem Boden und hatte großes Glück, ohne Kopfwunde davongekommen zu sein.

Viele Passanten glotzten.

Zwei Männer sprangen aber hinzu und halfen dem Opfer wieder auf die Beine.

Der eine raunzte Knut-Olaf an: „Was soll das? Der

hat doch nichts getan!"

Knut-Olaf aber schrie: „Diese kleine, miese Ratte. Was will der? Soll woanders betteln! Unsereins hat es auch nicht leicht!"

So löste sich die Situation dann auf.

Knut-Olaf ging einfach weiter.

Der Mann hingegen würde wohl immer noch sein Glück beim Betteln versuchen.

Die zwei Einschreitenden zogen auch ihres Weges, sie schienen sich aber zu kennen.

Knut-Olaf konnte beim Gehen und Schauen so klar über die Dinge nachdenken.

Was er gar nicht mochte, war die Tatsache, dass seine FDP aus dem Bundestag ausgeschieden war, während die AfD mit 20,8 % der Zweitstimmen so stark geworden war.

Hier die FDP, demokratisch, raus. Dort die AfD, undemokratisch, aber superstark drin. Zweitstärkste Kraft nach der CDU. Eine Partei, die bei allen Trump-Lügen sagt, das fänden sie richtig. Die Trump immer richtig finden. Die auch noch Putin richtig finden, allen Krieg von Putin, alles Leid, alle Toten, alle Kriegsverbrechen.

Vielleicht gehen die auch mal auf Distanz, etwas, taktisch:„Das Sterben gefällt uns gar nicht", so etwa.

Aber dann, wenn man genau hinhört und auf alle die Äußerungen achtet, dann finden sie, Putin ist im Recht. Unvorstellbar, aber doch wahr, so dachte Knut-Olaf.

FDP weg, er weg, und diese Trumpisten und Putinisten von der AfD drin, als zweitstärkste Kraft. Nach den Umfragen der letzten Tage sogar stärkste Kraft! Noch vor der CDU! Wo soll das hinführen?

Sein Gesicht war übellaunig verzogen.

Gewalt hatte Olaf-Knut heute schon vollbracht.

Man konnte ahnen, dass sich etwas zusammenbraute.

Auch eine SMS von Iffa änderte nichts: „DSL okay. Heute noch was unternehmen? Kleiner Ausflug zum Schlachtensee? Umrunden?"

Die AfD sorgte ihn.

Bundesamt für Verfassungsschutz stuft die „Alternative für Deutschland" als gesichert rechtsextremistische Bestrebung ein

02.05.2025

Das Bundesamt für Verfassungsschutz (BfV) stuft die „Alternative für Deutschland" (AfD) seit dem heutigen Tag aufgrund der die Menschenwürde missachtenden, extremistischen Prä-

gung der Gesamtpartei als gesichert rechtsextremistische Be-
strebung ein.

Das Verwaltungsgericht Köln und das Oberverwaltungsgericht
Nordrhein-Westfalen (OVG NRW) haben mit Urteilen von März
2022 beziehungsweise von Mai 2024* die Einstufung der Partei
als Verdachtsfall bestätigt, weil zahlreiche Anhaltspunkte für
von der AfD ausgehende Bestrebungen gegen die freiheitliche
demokratische Grundordnung vorgelegen haben. Diese An-
haltspunkte haben sich bei der weiteren Bearbeitung bestätigt
und in wesentlichen Teilen zur Gewissheit verdichtet.

Zu diesem Schluss kommt das BfV nach intensiver und um-
fassender gutachterlicher Prüfung. Dem gesetzlichen Auftrag
folgend hatte das BfV das Agieren der Partei an den zentralen
Grundprinzipien der Verfassung zu messen: Menschenwürde,
Demokratieprinzip und Rechtsstaatsprinzip. Dabei wurden
neben der Programmatik und den Verlautbarungen der Bun-
despartei insbesondere die Äußerungen und sonstigen Verhal-
tensweisen ihrer Repräsentantinnen und Repräsentanten so-
wie ihre Verbindungen zu rechtsextremistischen Akteuren und
Gruppierungen betrachtet. [...]

Diese Sache hatte die letzten zwei/drei Tage bestimmt, neben all den anderen Dingen. Die gesamte AfD ist gesichert rechtsextremistisch, sagt das

Bundesamt für Verfassungsschutz. Er kannte die Weselsheimer, eine Referentin vom BfV, noch aus seinen Innenausschusszeiten. Dazu der CDU-Mann aus Wuppertal, der dann für den neuen Bundestag kandidiert hatte, sich selber aus dem BfV dafür zurückzog. Und: Besonderheit, der ein Bundestagsmandat in Wuppertal danach verfehlte. Der erhielt 24,3 Prozent der Erststimmen, den Wahlkreis gewann aber der SPD-ler mit 33,6 %.

Herrjeh, gesichert rechtsextrem. Die ganze AfD.

Schon traten wieder Parteileute und Politologen auf, um das zu bewerten und einzuordnen. Eine ganz neue Qualität. Aber die sitzen dennoch breit im Parlament, während ich hier ohne Arbeit, ohne Mandat durch Berlin laufen muss.

Zwei Frauen mit Kopftüchern gingen vor ihm. Fast wäre er schon wieder aggressiv geworden, aber er dachte daran, dass dieses ja nur Gefühle waren, die allgemein hochgekocht wurden, zum Beispiel von der AfD, denen wollte er nicht auf den Leim gehen.

Er war doch Liberaler, er war für Freiheit und Recht.

Knut-Olaf war schon bis zum Breitscheidplatz gekommen. Er starrte auf den Kirchenbau von Eiermann, Gebäude, neuer Turm, dazu der vom Krieg übriggebliebene Turm der Kaiser-Wilhelm-

Gedächtniskirche.

Er hätte was zu diesem Russland sagen können. Zweiter Weltkrieg, und die greifen schon wieder an. Werden am 9. Mai den Sieg über den Nationalsozialismus feiern, aber zugleich spielen sie selber wieder Krieg. Aus „Nie wieder Krieg!" wurde „Jetzt wieder Krieg!", und wie! – Wie sollte man eine solche Welt verstehen? Verarbeiten? Verdauen?

Wir sehen Knut-Olaf, „Knaf" genannt ... von seiner Frau, sich selber nun aber KO nennend, wie er da steht und denkt ... fast möchte man an etwas wie „Berlin Alexanderplatz" denken, ein Mensch, der den Boden verliert, bei alledem, in alledem.

So geht es prinzipiell Millionen von Menschen, in Deutschland. Schleichend verliert sich die Welt. Das Eingefahrene, was funktioniert, scheint es nun nicht mehr zu tun.

Dabei spielen so viele Dinge eine Rolle. Vor allem die Geschwindigkeit, das Anstrengende, die vielen „Medien", die uns zuerst doch auslaugen und stressen. Ukraine-Krieg käme noch hinzu. Schlechte wirtschaftliche Lage, politische Instabilität. Menschen, die trotz immer mehr Medien, immer weniger „gebildet" zu sein scheinen. Also anfällig für dieses und jenes.

Nehmen wir allein die jungen Leute, auch die Kinder. Was die alles auf ihren Smartphones transportieren, weiterleiten, „liken". Gewalt, Pornographie, Hass, Mobbing.

Niemand kommt da mehr hinterher. Oft wird von besonnenen Menschen gewarnt, aber die Realität eilt viel schneller über dieses Mediale voran, als der einfache Mensch mündlich und schriftlich warnen kann.

Wir verlieren uns!

Knut-Olaf war einer von denen. Ein Herausgehobener, denn er hatte als Abgeordneter eine ausgewiesen bedeutsame Position. Es sind ein paar Hundert Menschen nur Abgeordnete, eine Elite besonderer Art.

Wer nicht mehr dazugehört, der ist raus, der ist weg. Abstieg sowieso, irgendwie ein Abstieg. Zumindest Leute, die an so einem Posten kleben, innerlich. Allein eine Bundestagsfußballmannschaft kann diese Ex-Bundestägler nicht mehr halten. Andere werden mit Golfspielen anfangen oder weite Reisen beginnen.

Iffa war nicht untätig. Nach dem Monteur-Besuch hatte sie ja freie Zeit. Dann ihre SMS an Knut-Olaf wegen Ausflug, zum Beispiel zum Schlachtensee.

Es kam aber nichts zurück.

Müsste sie sich Sorgen machen?

Immerzu dieses Sorgen-machen.

Ihre Freundin Nicoletta war ja da sorgloser, insgesamt sorgloser.

Aber die hatte ja das ganz frische Baby, das April-Baby, da war die mit ihren Gedanken meilenweit woanders. Vielleicht machte sie sich Sorgen ums Stillen. Vielleicht das. Aber Knut-Olaf stand bei Nicoletta sicher nicht auf Platz eins im Hirn.

Iffa hätte eines der Kinder anrufen können, Ulf oder Heidemarie. Aber ganz ehrlich: Mit beiden verband sie nicht viel.

Die waren nett, die waren menschlich voll in Ordnung, aber sie stand denen irgendwie fern. Iffa als zweite Partnerin des Knut-Olaf, der aber mit Silke-Sila die zwei Kinder gezeugt hatte.

So war es ja auch gut.

Wenn die vier untereinander klar kamen, dann war alles ausreichend. Die Frage blieb, ob Silke-Sila wusste, wie sehr Knut-Olaf litt.

Silke-Sila kannte Iffa noch weniger als die erwachsenen Kinder.

Nein, sie würde vorerst mit keiner Person von diesen drei engsten Verwandten ihres „Knaf" telefonieren. Es gab ja auch keinen eigentlichen Grund.

Iffa hatte vielleicht ein spezielles Gefühl, das mag

schon sein. Im Magen brodelte es. Aber mehr war auch nicht. Vielleicht würde Knut-Olaf sich noch auf ihre Schlachtensee-SMS melden. Er meldete sich traditionell nie sofort, weil er aus seiner Zeit als Abgeordneter immer so viele kleine und große Termine hatte. Da konnte er immer mal in einer Sitzung sein.

Man sah zwar überall im Fernseher Abgeordnete, die mit dem Handy aktiv waren. Knut-Olaf jedoch war da sehr konsequent in der Wenig-Nutzung von allem. Er würde keine SMS aus einer Ausschuss-Sitzung heraus beantworten. Einzige Ausnahme: Es war mehr als dringend. Davon aber konnte hier eher nicht die Rede sein.

Iffa telefonierte nun spontan mit der Mutter in HH-Harburg.

„Mama, kannst du reden?"

„Ja, ja, sicher, Essen ist doch erst um 11:30 Uhr."

„Es könnte doch sein, dass du Termine hast."

„Nee, heute ist Montag. Wenn, haben wir mal einen Arztbesuch. Ansonsten ist montags nichts los."

„Sorry, aber ich weiß das nie genau. Wann war ich schon mal montags bei dir?!"

„Du solltest mal wieder kommen. Vielleicht klappt es ja dann mit einem Montag."

Iffa verschwieg, dass sie drei Tage Urlaub hatte. Von dem Monteur der Telekom erzählte sie aber.

„Ich habe auch Internet, Iffa. Aber du weißt ja, dass ich nicht so gerne am Computer schreibe. Meine Augen sind auch nicht mehr so scharf. Ich glaube, ich bräuchte eine bessere Lesebrille."

„Sag das doch Schwester Enrike!"

„Mache ich noch, bestimmt. Aber heute ist die sowieso nicht da. Hoffentlich hat die nicht gekündigt."

„Aber warum sollte sie das tun?"

„Warum nicht? Die verdienen doch so wenig in der Pflege."

„Aber du bist doch eher in einem Altenheim, Mama. Pflege ist bei dir doch nicht. Eine Friseuse für die Haare, das ist noch keine Pflege. Mittagessen fertig gekocht, das ist ebenfalls keine Pflege."

„Verdienen die denn mehr, die beim Altenheim arbeiten?"

„Tja, liebe Mama, das weiß ich gar nicht genau. Da müsste man sich mal informieren. Aber ihre Löhne da werden uns nicht erzählen. Wir müssen das irgendwie abschätzen."

„Ja, Iffa, dann tu das mal. Ich warte auf dich. Auf deinen nächsten Besuch."

„Sicher, aber drei Wochen wird es noch dauern.

Dann werde ich mit dem Zug anrattern. Die wollen die Strecke aber sperren, etliche Monate Baustelle."

„Wie wirst du dann kommen?"

„Mama, ich weiß es nicht, Wir werden schon eine Lösung finden."

„Und Knut-Olaf?"

„Ist unterwegs."

„Ich habe extra FDP gewählt, weißt du?"

„Hat aber nichts genutzt."

„Schade."

„Knut-Olaf ist dir aber immer noch dankbar. Ich mache Schluss. Ciao, Mama."

Iffa beendete das Gespräch, das eigentlich ganz gut gelaufen war. Sie musste in Harburg immer in der Pension „Marlies" schlafen, weil die Mutter im Heim nicht für Schlafgäste vorbereitet war.

Iffa hätte gerne einen Vater und eine Mutter besucht, die ein feines Häuslein hinterm Deich irgendwo im Raum Hamburg gehabt hätten. Aber dem war ja nicht so, man konnte sich keine Welt backen. Man musste froh sein, wenn man überhaupt wohnen durfte und nicht immer fürchten musste, dass irgendwelche Drohnen irgendwelche zivilen Häuser kaputtschießen. Putintrussland war ja erbarmungslos. Menschen kamen so viele zu

Tode.

Das Humane blieb viel zu oft auf der Strecke. Überall. Das Leiden im Gaza-Streifen. Wie konnte man so mit den Menschen umgehen? Iffa wollte das alles weder lesen noch hören. Ihre Startseite im Internet war eine Nachrichten-Seite. Da kam immerzu „Eil", heute könnten sie wegen SPD-Minister-Sache und Koalitionsvertrag-Unterschriften und wegen Scholz-Zapfenstreich bestimmt etliche Meldungen mit „Eil" versehen. Würde irgendwo noch eine der üblichen Raketen einschlagen, könnte man nochmals und wieder so etwas mit „Eil" versehen. Das viele „Eil" machte sie ganz wibbelig. So könnte es ja auch Knut-Olaf ergangen sein. Der arme Kerl. Alles ist voller „Eil", vieles wegen der Bundestag-Sache, Regierung, Friedrich Merz (der dann morgen als Bundeskanzler ... existiert).

Aber ihr „Knaf" war ausgeschlossen, da ohne Sitz im Parlament.

Jahrelang hatten sie eine tolle Beziehung geführt, sie bei der Bahn, er im Bundestag. Sie verstanden sich, sie mochten sich.

Nun aber ging alles vor die Hunde, weil Lindner allein durch sein persönliches Unverhalten die FDP so ruiniert hatte. Was Lindner nahezu tagtäglich tat, mit der Koalition und den strittigen Themen, das macht man eben nicht.

Aber Knut-Olaf konnte nichts dazu! Seine Schuld war es nicht. Der hätte auch nie mit anderen Leuten so geredet, so Geheimnisse aus der Koalition quasi live an die Bild-Zeitung abgedrückt ... da war Knut-Olaf viel zu solide.

Iffa überlegte weiter.

Sollte sie bei dem Arzt mal anrufen? Bei Strümpmann? Und nach der wirklichen Wirkung der Kapseln fragen? Was man im Internet finden kann, oder was auf dem Packzettel steht, das wird doch bestimmt nicht alles bis ins Detail enthüllen.

Es konnte doch sein, dass nach einer bestimmten Dauer des Verbrauches sich etwas änderte. Zum Schlechten?

Oder so: Wenn der Patient mehr nimmt, als zuvor eingeplant, dann ist es auch besonders schlecht. Das alles.

Iffa setzte sich nun hin und bestellte ein Buch. Es ging um die Insel Fuerteventura. Ein Krimi mit Anspruch. „Stark-Sturm" hieß der, so wie die Insel. Man muss es nur aus dem Spanischen mal übersetzen.

Dieser Tage war ein Film neu herausgekommen, der spielte dort. Sie selber wollte immer mal hin, es war nie dazugekommen.

Vielleicht könnte die neue Freizeit von Knut-Olaf einen solchen Besuch auf der Insel mal möglich machen. Der Film wäre aber dieser hier folgende, der hatte mit dem Krimi Stark-Sturm direkt nichts zu tun,

Islands ist ein deutscher Spielfilm von Jan-Ole Gerster aus dem Jahr 2025. Der Thriller handelt von einem auf Fuerteventura lebenden Tennistrainer, der eine im Urlaub befindliche Ehefrau und Mutter bei der Suche nach ihrem spurlos verschwundenen Gatten unterstützt. Die Hauptrollen übernahmen Sam Riley, Stacy Martin und Jack Farthing. Die Uraufführung fand am 16. Februar 2025 im Rahmen der Internationalen Filmfestspiele ...

Aha, wieder war jemand verschwunden. Man könnte doch einen Krimi in Berlin schreiben. Charlottenburg, Mitte, Tiergarten, diese Stadtteile. Da ist dann ein Abgeordneter, der ohne Abgeordnetenmandat durch Berlin irrt.

Wenn er keine SMS beantwortet, dann wäre der Mann doch auch verschwunden. So wie Knut-Olaf jetzt.

Warum rufst du ihn nicht an?, dachte Iffa.

Sie rief an.

Mailbox.

„Hey, Knaf, melde dich doch. Hast du meine

SMS nicht gelesen? Wir wollten doch den Ausflug machen." Sie sprach zügig, aber nett.

Es gibt Leute, die hören jeden Tag acht Mal die Mailbox ab, es gibt aber auch Leute, die es eher gar nicht regelmäßig tun.

Die klagen dann über die Belästigung solcher Anrufe.

Olaf hatte durch und wegen (der FDP-Fraktion) Massen kurzer Kommunikationen via Handy. Immer mehr sprachen Texte als Sprachnachricht. Man musste sich diese dann mühsam abhören. Kostete alles Zeit.

Oder kann man nun die Sprache wieder in Text zurückverwandeln?

Das wäre viel praktischer, auch bei Sitzungen. Dann wären gesprochene Sprachnachrichten als Text zu lesen, und man würde niemanden stören.

Aber heute war alles egal.

Wenn es keine Antwort gibt, ist da nix. Weder als Text noch als Ton. Knaf meldete sich nicht.

Iffa war nun unruhig. Vielleicht nicht so wie Knut-Olaf, aber irgendwie dann doch.

Sie würde nun unten am Stuttgarter Platz bei Thilo einkehren und einen Milchkaffee bestellen. Dann konnte sie an der Scheibe sitzen, nach draußen gucken und anders nachdenken als hier oben im vierten Stock.

Der Urlaubstag, der erste, schien irgendwie versaut zu sein.

Die Regierungssache bzw. heute die Vorregierungssache, das alles legte sich auf sie und über sie. Wie eine schwere Decke. Iffa schien kaum Luft zu bekommen.

Thilo war voll nett, leicht und locker wie immer.

„Aha, es ist Montag, und du arbeitest nicht, Iffa. Aha!"

„Und du arbeitest am Montag, die meisten Läden mit Getränken und/oder Essen haben doch am Montag zu."

„Hättest du mal genauer aufgepasst, wüsstest du, dass wir nicht einen Tag in der Woche geschlossen sind."

„Nicht? Gar nicht?"

„Nein. Entweder bin ich da oder Dalma, Dalma da Sentor."

„Die von den Kanaren?"

„Nein, Aruba. Wusstest du das nicht?"

„Sorry, ich habe so viel mit meinem eigenen Leben zu tun, da kann ich auf Aruba kaum achten."

„Dalma kennst du aber?!"

„Ja, gewiss. Seid ihr zusammen?"

„Nein, aber anfangs waren wir das. Wäre eine extra Geschichte. Sie will demnächst für einen Abgeordneten der Grünen arbeiten. Eine halbe Stelle, Mischung aus Referentin und Mädchen für alles."

„Im Paul-Löbe-Haus?"

„Ja, aber mehr weiß ich nicht."

„Will sie denn in die Politik?"

„Ich hoffe nicht. Sie ist nach mir die beste Kraft. Die Politik macht so vieles kaputt. Sie sollen mir die Dalma erhalten. Das wäre mein größter Wunsch."

„Sonst noch Wünsche?"

„Stammgäste, die wenig Sorgen haben."

„Knut-Olaf kennst du?"

„Deinen Mann? Ja, sicher."

„Findest du ihn seltsam?"

„Seit er ohne Mandat ist? Er kommt ja kaum. Wenn, dann seid ihr beide zusammen. Er wirkt meist schweigsam. Das kann aber auch täuschen."

„Hat er dich mal überrascht?"

„Letzten Dienstag. Da hat er sich sehr laut geäußert. Man müsste der Bande mal die Kiemen langziehen. Das fand ich ungewöhnlich."

„Wieso?"

„Solche Wut-Sätze kannte ich von dem nicht. Irgendwie hat der vielleicht doch einen Knacks bekommen."

Iffa trank den Milchkaffee.

Draußen wandelte ein Mann im schwarzen Haaren, in einem abgegriffenen Trenchcoat.

Er bettelte um Geld.

Manchmal bekam er was.

Sie hatte den Mann noch nie zuvor gesehen.

Dass die sich nun auch am Stutti rumtrieben.

Knut-Olaf war weitergezogen. Adieu Breitscheidplatz. Er hatte nicht mal an dem so seltsam eckigen Bau der Kirche geprüft, ob die Türen geöffnet waren. Nicht einmal das. Wittenbergplatz. Nollendorfplatz. Potsdamer Straße. So war seine Richtung. Immer gehen. Handy auf stumm, aber Vibrieren gab es. Antworten tat er nicht, gucken nach dem SMS-Text auch nicht.

Die Leute guckten ihn schon an.

Nicht weil sie ihn erkannt hätten. Wer erkennt schon jemanden, der im Innenausschuss sitzt und nur einmal für den ntv-Frühstart eingeladen wurde? Bei Lanz war er auch nie. Da saß immerzu der Stegner, den konnte auch keiner mehr sehen. Bekam auch kein Ministerium. Wer hat das überhaupt bei der SPD entschieden? Wer ist denn der Entscheidekreis? Saskia Esken auch nix abbekommen. Da würde man gerne wissen wollen, wer das wie von der SPD entschieden hat.

Klingbeil soll die SPD wieder flottmachen? Ist dem so? Vizedings und Finanzstronk? Ja? Der spielt immer den „lieben Jungen" als Erwachsenen. Schaut man genauer drauf, dann ist er regelrecht blass. Überall nur Nullen oder halbe Nullen. Wo sind denn die Politiker und Politikerinnen, die alles aus dem Dreck ziehen? Die uns an eine sonnenreiche und gloriose Zukunft glauben lassen?

Siehst du da wen?

Ich nicht.

Knut-Olaf war sich bewusst, dass er selber auch nicht das Heilsversprechen war. Aber sein Anspruch war auch nie ein solcher gewesen. Für ihn war es wichtiger, dabei zu sein, oder sollte man sagen: dabei gewesen zu sein? Im sauberen Mittelfeld. Staatssekretär hätte ihn noch gereizt. Aber dazu kam es ja nie. Weil Christian Lindner alles versemmelt hat. Dabei schätze ich Christian, zumindest war dem früher so. Aber nun sind wir von der FDP raus, ohne mein Verschulden. Da fragt aber niemand nach.

Er sah zwei Schüler, 11 oder 12 Jahre, wie sie in ihre Handys starrten. Sie saßen auf der Beetumrandung aus Stahl, die eine gute Höhe hatte, um sich schnell mal niederzulassen.

Etwas weiter drei junge Frauen, vielleicht noch Mädchen, 13 Jahre? 14? Auch sie als Handystarrende mehr als aktiv. Rucksäcke bzw. Schulrucksäcke dabei. „Tornister" passte wohl nicht so recht.

Wieder 20 Meter Richtung Mitte, Reichstag, Brandenburger Tor saßen fünf Schüler (oder welche, die so aussahen). Alle starrten in die Handys.

Die werden doch nicht die Minister-Liste der SPD studieren. Oder doch?

Was sonst? Musik? Streaming? Spotify? Aber niemand hatte dazu die Kopfhörer auf.

Oder brannten Hochhäuser, wie einst in New York? Als die Flugzeuge kamen. Und die von oben wegbrannten. Diese Türme. Zusammenstürzten.

Was für ein Film! Nachher war es dann Realität. Er selber hatte an einen Film gedacht, mit der Realität, das war nicht so recht wahrzuhaben. 9/11 bzw. 11.9., auch schon eine Zeit her. Man denkt immer wieder dran.

Welttechnisch hat sich nichts geändert.

Die Anschläge machen etwas anders.

Aber wirklich „ändern" im höheren Sinne tut sich nichts. Wie jetzt in Kaschmir. 26 tote Touristen. Anschlag. Gemein. Böse. Da aber schien es zu einem echten Krieg kommen zu können, zwischen

Indien und Pakistan.

Ein sinnloser Anschlag, der aber ein tiefgehendes Staats-Problem hervorrief. Also erneut das Problem belebte. Ist ja immer noch am Gären. Indien und Pakistan, dauernd Spannungen, mal mehr, mal weniger.

Ein ordentlicher Frieden? Jemals? Eher wohl nein. Aktuell soll der Iran vermitteln. Der Iran! Also bitte! Die Russen schießen mit Drohnen aus dem Iran. Der Iran sitzt an der Atombombe. Der Iran lässt sein Volk nicht frei atmen.

Eine Welt im Irrwitz. Die Guten sind immer auch die Bösen. Es gibt da keine Reinheit. Man könnte höchstens den Grad des Irrsinns erfassen, oder den Grad des Bösen.

Oder die böse Sache mit der Hamas.

Sinnloses Töten, sinnlos gequälte Geiseln. Dieses Attentat der Hamas ist nur gemein. Gemein-gemein.

Was wurde draus?

Man schaue sich alles an, was man an Bildern finden kann.

Israel wütet, das Netanjahu-Israel. Ursache und Wirkung, da passt nichts zusammen. Die Verhältnisse geraten andauernd aus einer Idee von Waage. Das wird nichts mehr.

Frieden? Nach solchen Verletzungen? Wie soll es gehen?

Anders: Welcher Mensch in der Ukraine wird den russischen Funktionären jemals noch trauen. Vielleicht keinerlei Russen mehr. Alles zerstört. So ein Krieg macht über Generationen so viel kaputt.

Knut-Olaf sah sich im Auswärtigen Ausschuss. Da hätte er mit Stegner zusammenarbeiten müssen. Außerdem war sein Französisch nicht genügend. Konnte Stegner denn Fremdsprachen?

Knut-Olaf war aber nun in keinerlei Ausschuss mehr. Er konnte Lanz gucken, im ZDF, und irgendwelche Leute im Welt-Fernsehen, Springer-Gruppe. Die gaben dann Meinungen ab. Der Fleischhauer. Wer konnte den leiden? Der durfte aber seine Kommentare abgeben, verdient Geld. Aber wer will ihn? Die Springer-Leute, die wollen den.

Das müsste man doch auch mal begucken, wie die AfD groß gemacht wird, durch solche Medien, die nicht immer sorgsam sind.

Durch seltsame Kommentare.

Oder wie die Frau Maischberger manisch immerzu Frau Wagenknecht einlädt. Was soll das? Welche Idee steckt dahinter? Quote? Dann können die doch nackte Politiker einladen. Oder Frauen, die aus dem Playboy heraus, aus der Zeitschrift, in die

Politik springen. Wenn es nur um die Quote geht?!

Knut-Olaf, der sich selber ab heute nur noch KO nennen wollte. KO für KOLOSSAL. Oder doch eher KO für K.O. im boxtechnischen Sinne?

Er geht und denkt die Welt in Grund und Boden. Nie hatte er selber Kanzler sein wollen. Gar nicht! Aber die Werte für den Friedrich, den Merz, die waren doch gar nicht gut.

Niemand schien ernsthaft zu glauben, morgen könne das Paradies ausgerufen werden. Nicht einmal ein ganz kleines Paradies.

Das konnte ja auch nicht klappen!

Man kann doch nicht langjährige Abgeordnete aussortieren, und dann denken, nun würden die Dinge besser. Er selber hatte sich so viel an Kompetenz angeeignet. Zum Thema „Demonstrationsrecht" hätte er ohne KI satte drei Stunden frei einen Vortrag halten können. Aber wen interessierte das?

Stattdessen war alles voll mit AfD, immer wieder AfD. Heute liegen sie in einer Umfrage gleichauf mit der CDU. Nicht mehr vorne, nein, nur noch gleichauf. Aber morgen würde es vielleicht wieder anders sein. Man käme da nicht mehr hinterher.

Deutschland, das schwankende Schiff. Auch die Menschen als schwankendes Schiff. Keine Meinung ist sicher. Die Leute wissen es ja auch. Morgen schauen sie ein TikTok-Video und denken ganz anders. Den nächsten Tag kommt was gestreamt via Twitch. Und die Leute denken anders. Übermorgen eine Instagram-Story. Diese armen Seelen denken wieder anders.

Man stelle sich vor, das sei so bei dem Konklave, der am Mittwoch beginnen soll. 7.5.2025. Hoffentlich schlagen sich die Kardinäle nicht die Köpfe ein.

Überall dieses Vakuum, diese Ungewissheit. Er selbst, Knut-Olaf Walsberger, würde nichts ändern können.

Oder doch?

Nein, er nicht.

Oder doch?

Welche Gedanken gingen ihm bloß im Kopf herum. Seine Füße wurden nun doch wund. Hatte er nicht rechts an der Ferse etwas wie eine Blase? Oder eine aufgeplatzte Blase?

Immer noch ging er weiter.

Else Gibs-Lässig stand an der Potsdamer Straße.

Else kannte Knut-Olaf, aber ja. Sie bei der SPD, er bei der FDP. Sie hatten während der Ampel öfter mal zusammengestanden, wenn es große Pressekonferenzen gab, wo auch Bundestagsabgeordnete erwünscht waren.

Er nickte ihr leicht zu. Was machte die denn hier?

Auch ihr Mandat verloren? Direktwahlkreis? Davon müsste ich doch etwas mitbekommen haben.

Oder hat die sich heute einfach mal verdrückt, weil dieser Vorregierungstag so aufgeladen ist? Konnte sie das? Würde Klingbeil sie nicht wie ein Racheengel danach verfolgen? Nein? Machte es der Lars mit dem Schmusekurs? Wollte er die Partei nun im Ganz-Schmuse-Kurs ins Jahr 2029 führen? Richtung Unter-10-%-Partei?

Käme die FDP denn wieder nach vorn? Würde seine Partei zurückkommen, wie so oft: 2029 vielleicht mit 7,6 %? Na, wäre das möglich?

Es passierte nun etwas, was ganz seltsam aussah. Der Fuß mit der Ferse tat dem Knut-Olaf so sehr weh, dass er ihn auszog, den Schuh zur Ferse.

Fortan würde er mit einem beschuhten Fuß und einem unbeschuhten Fuß weitermarschieren. Er ging seinen Weg. Potsdamer Straße, ja, ja. Aber dann Tiergarten, der Blick aufs Brandenburger Tor. Weitergehen. Immerzu weitergehen.

Die Briten hatten heute auch ihre Parade. „VE Day". Da ging es schon um den 8. Mai, Kriegsende nach deren Kalender. In Russland immer am 9. Vier Tage sollte es in Großbritannien dauern, wie viele Paraden? Aber heute ging es schon los. Man konnte

König Charles sehen, in Uniform, den Sohn, William, in Uniform. Die Frauen nicht in Uniform. Kinder dabei. Das alles kam im Fernsehen. Das sah Knut-Olaf nicht, aber beim Vorübergehen war der Fernseher in jenem Geschäft in Betrieb, also auf „on", da hielt er inne, wenige Sekunden. Schon hatte er es kapiert.

Alle „feiern" das Ende des Krieges. Und: Alle bereiten sich auf den neuen Krieg vor. Oha. Die Russen führten schon einen neuen Krieg.

Bei den Briten sollten ukrainische Soldaten mitlaufen. Das zeigte schon etwas vom Weltfiasko an. Würden erst die Chinesen auf Taiwan einfallen, wäre die ganze Murks-Sache komplett. Dazu Amerikaner auf Grönland, oder Amerikaner, die mit Israel zusammen den ganzen Gaza-Streifen leerräumen. War ja angedacht. Die Soldaten, die dieser Tage in Israel eingezogen wurden, die Reservisten, da sagen die Beobachter schon: Israel will nun Gaza einnehmen, einfach mal „einnehmen".

Da können dich jeden Tag neue schreckliche Botschaften überkommen. Dafür sollte er, Knut-Olaf, seinen Posten im Parlament hergeben? Was machte das für einen Sinn? Dann tut ihn doch lieber als Externen in den Auswärtigen Ausschuss. Er könnte doch mit Rat und Tat helfen. Gutes tun.

Kriege verhindern. Alles das.

So dachte Knut-Olaf an alles.

Es kam noch eine SMS.

Es kam noch ein Anruf.

Er las da nix. Er hörte nichts ab. Er ging seinen Weg.

Den zweiten Schuh hatte er auch ausgezogen.

Das sah weniger komisch aus, aber dennoch wirkte er nicht „normal".

Wer geht ernsthaft am 5. Mai 2025 nur auf Strümpfen durch den Berliner Tiergarten, entlang der Straße des 17. Juni? In Richtung Brandenburger Tor?

Vielleicht wäre es besser, dabei wenigstens keine Schuhe in der Hand zu halten.

Also kamen die Schuhe weg. Genügend Papierkörbe gab es.

Wichtige Autos fuhren vorbei.

Die würden dann von A nach B und wieder nach C fahren, dann wieder A. Morgen vor allem, wenn diese Ernennungssachen wären. Dann ginge es doch mit allen zum Schloss Bellevue. Und Steinmeier dürfte nicht krank sein, nein, das dürfte er auf keinen Fall.

Wer übernimmt diese Ernennungsgeschichte in so einem Fall? Steinmeier könnte doch umfallen, einfach so. Ohnmacht. Einfach so. Wer macht es denn dann? Die Gemahlsgattin? Knut-Olaf wusste, was er alles nicht wusste. Es gab so viele Regeln, vieles war genau geklärt, ähnlich wie bei der Formel 1. Alle Verstöße waren katalogisiert. Man wusste auch, was zu tun wäre, würde ein Rennen abgebrochen.

Aber die Ohnmacht des Bundespräsidenten? Gab es dafür schon einen geeigneten Rahmen?

Iffa war selber nun auch unterwegs. Sie wollte auch in Richtung Regierungszentrale. Ihr war so, als müsste sie den Knut-Olaf, ihren „Knaf", abfangen. Irgendwo. Am Kanzleramt? Am Paul-Löbe-Haus? Direkt vor dem Reichstag?

Sie dachte es sich so: Der geht jetzt, antwortet nicht am Handy, und ist irgendwie voller Adrenalin. Die Frage aber wäre, was er tun würde, wäre er einmal im Zentrum der Macht angekommen.

Wusste sie denn, ob er noch Ausweise hatte? Käme er in eines der Gebäude noch herein? Der alte Bundestag war „abgelaufen", der neue war rechtskräftig. Da konnten doch ehemalige Abgeordnete nicht wüst herumlaufen.

Ja, es gab immer wieder welche, die man dann an bestimmten Tagen auf den Besuchertribünen sah. Aber eben deshalb mussten die ja wohl eine Art von Gästezugang haben.

Anders doch wohl nicht.

Nutzten dem Knut-Olaf seine Kontakte? Würde Carsten Schneider ihn reinwinken können? Als Minister in Spe? Ginge das?

Iffa hatte da keine Ahnung.

Sie hatte mit Knut-Olaf niemals darüber gesprochen.

Schade!

Wären nicht die ganzen Streckenumbauten bei der Bahn, sie wäre vielleicht offener und aufmerksamer gewesen. Das war sie aber nicht.

Knut-Olaf fiel aus der Welt, während sie mit Grundstücksfragen befasst gewesen war.

Blöde Bahn.

Aber wenn Knut-Olaf ginge, und noch weiter ginge, gehen, gehen, gehen, dann war es ja gut.

Besser ... als sich in eine Kneipe zu setzen und sich dann zu betrinken. Das musste nicht sein.

Besser, als sich auf eine Wiese im Tiergarten zu legen, um dann traurig zu gucken.

Da war Gehen doch die beste Medizin.

Iffa fand die Idee gut.

Es beruhigte, dass Knut-Olaf gehen könnte.

Marathon-Läufer sollen ja auch immer zufrieden sein.

Durch das Laufen haben die so viele Glücksstoffe.

Man könnte doch alle Staatsführer und -führerinnen laufen lassen.

Keine langen Debatten. Nicht immer diese Statements. Auch keine Twitter-alias-X-Botschaften. Nein, laufen. Und wer nicht laufen könnte, wegen des Alters, wegen der Gesundheit, der oder die könnte vielleicht noch zügig gehen.

Würde man die dann immer zu zweit nebeneinander laufen oder gehen lassen, könnten die zusammen glücklich sein. Wegen der Botenstoffe. Danach könnten sie sich die Hand reichen und alles wäre richtig gut. Richtig, richtig gut.

Iffa wollte den 200-er bekommen, den Bus, das war der doch, der dann am Reichstag vorbeifährt? Sie musste nur überlegen, wo sie wann welches Gefährt verlässt, um dann solchen Anschluss zu bekommen. Bei jeder Fahrt musste sie nachdenken.

Sie war aber froh, dass es gänzlich ohne Auto ging. Wozu das Auto, wenn es Bahnen und Busse gab? Auch wenn es keine reine Freude war, auch dann nicht.

Autofahrer weinten eh leise vor sich hin. Die Meldung kam im März. Die A100 war einmal! Adieu!

Autofahrer im Berliner Südwesten müssen sich wegen der Sper-
rung auf der A100 auf jahrelange Einschränkungen einstellen.

Betroffene haben verschiedene Möglichkeiten, dem Chaos
im Bereich der Ringbahnbrücke zu entgehen.

Neben Spuren der A100 sind auch Ausweichstraßen in Char-
lottenburg gesperrt

Weiträumiges Umfahren oder eine ÖPNV-Nutzung werden
empfohlen

Spur auf der Gegenfahrbahn in Richtung Norden ab Montag

Einschränkungen bei der S-Bahn künftig noch möglich

Rund um einen der bundesweit am stärksten belasteten Ver-
kehrsknoten - das Berliner Autobahndreieck Funkturm - droht
jahrelanges Stauchaos. Wegen eines sich ausbreitenden Risses
im Tragwerk der sogenannten Ringbahnbrücke der Stadtauto-
bahn A100 hat die Autobahn-Gesellschaft die Brücke auf un-
absehbare Zeit voll gesperrt. Sie ist Teil des Autobahndreiecks
Funkturm, über das täglich rund 230.000 Autos fahren. Seit der
Sperrung bilden sich immer wieder Staus im Bereich der Ring-
bahnbrücke. Eine rasche Lösung ist nicht in Sicht.

Solche Meldungen gehörten einfach dazu. In einigen Städten. Magdeburg. Oder in Köln auf der A4,
nur noch 2 Spuren, ja, da beim Eifeltor, aus Aachen
kommend, soll Jahre bis Jahrzehnte dauern. Das
würde eine lange Liste von Sperrungen und Städ-

ten, oder Städten und Sperrungen.

Sie dachte wieder an ihre Fahrten nach Hamburg, zur Mama. Eisenbahn. Auch da Sperrungen, Monatelang.

Man konnte sich gar nicht einkriegen.

Das Leben blieb ungerecht. In der Ukraine konnten jeden Tag Leute ihr Leben verlieren. Oder ihre Wohnung. Oder beides.

Aber in Deutschland vergingen sie vor Wut, wenn man ihnen die Autobahnen und Zugstrecken schloss.

Wieso tat Trump nichts? Das Großmaul!

Wenn die so unverschämt offen für die AfD Stellung beziehen, diese Musk- und Vance- und Rubio-Leute … dann könnten die doch auch mal was gegen den Straßenabriss unternehmen. Gegen die einstürzenden Altbauten. Aber die Amis bringen es ja selber nicht. Werden von Feuern überrollt, behaupten aber, es gäbe keinen Klimawandel. Werden von Stürmen gejagt, nassen Stürmen, meinen aber, die Welt wäre auf ewig voll intakt.

Ach, Iffa, warum bist du so? Hast du dir nicht mal überlegt, weshalb die immer wieder mal Leichen in alten Minen finden? Nein? 13 Tote? Peru? Ganz aktuell?

Wenn die Leute verschwinden, und es gibt Länder, wo massig Leute verschwinden. Bzw. verschwanden. Dann suchen die Angehörigen. Idee: Man hat sie getötet und verbrannt. Zweite Idee: Man hat alte Minen als guten Platz befunden, um „verschwundene Menschen" dauerhaft verschwinden zu lassen.

So also liegen die Dinge, jeden Tag Neues, jeden Tag neuer Ärger. Böses. Menschenrechte interessieren immer weniger, das ja auch.

Knut-Olaf hatte auch seine Strümpfe ausgezogen. Die waren an etlichen Stellen durchgelaufen. Dann konnte er auch so laufen, mit nackten Füßen. ganz schlicht, ganz einfach.

Das hätte dem Papst bestimmt gefallen, wie er sich hier selber erniedrigte, der Knut-Olaf, und fast wie ein Jesus dem Parlamentsgebäude entgegenlief, dem ehemaligen Reichstag, dem heutigen Bundestag.

Zeitgleich könnte Greta unterwegs sein, nach Gaza. Aber das Hilfsschiff mit Hilfsgütern war ja auch beschossen worden.

Es hieß, israelische Drohnen seien eingeschlagen. Oder eine. Israel wolle nicht, dass man den Palästinensern Essen und Wasser brächte.

War Greta nun mit einem anderen Schiff unterwegs? Als Retterin?

War er, Knut-Olaf, seinerseits nun ein Retter des hiesigen Systems?

Der Demokratie? Indem er auf den Reichstag zulief?

Könnte das sein?

Knut-Olaf wusste um sein Können.

Aber das in ihm vielleicht das Retter-Gen stecken könnte, das war ihm erst heute auf dem Weg bewusst geworden.

Seine Füße waren schön dreckig.

Schade, dass er keine langen Haare hatte. So wie Jesus. Das wäre optisch so schön gewesen.

Mittlerweile schaute er sich auch um.

Irgendwie hoffte er, dass sich eine Menschenmenge anschließen könnte.

Das klappte immer so schön in den Spielfilmen. Sehr oft waren es ja amerikanische Spielfilme. Für diese wiederum wollte Trump nun angeblich Zölle erheben, also für die Konkurrenz. Alle Filme, die nicht in den USA gedreht werden würden, sollten 100 % Zölle abbekommen. Meldung 5.5.2025.

So ein Schwachsinn aber auch. Hört das denn nie auf? Ist irgendetwas halbwegs in diesem Chaos-Hirn durchdacht?

USA Präsident Trump ordnet 100 Prozent Zölle auf ausländische Filme an – Touristenattraktion Alcatraz wird wieder Gefängnis

US-Präsident Trump hat Zölle von 100 Prozent auf Filme angeordnet, die nicht in den USA produziert wurden. Trump erklärte zur Begründung, ausländische Staaten lockten in einer konzertierten Aktion durch Anreize Regisseure und Studios.

Der amerikanischen Filmindustrie drohe deshalb ein rascher Tod, so der Präsident. Er ordnete zudem die Wiederinbetriebnahme des berüchtigten Gefängnisses Alcatraz im Bundesstaat Kalifornien an. Die 1934 eröffnete Haftanstalt liegt auf einer Insel vor San Francisco und wurde im Jahr 1963 aufgrund zu hoher Betriebskosten aufgegeben. Seit den 1970er Jahren ist die Anlage eine museale Touristenattraktion.

Trump soll doch am besten ein Universaldekret unterzeichnen, nach welchem die ganze Welt nur noch in den USA passiert. Jobs, Produktion, Kultur, alles findet ausschließlich in den USA statt. Alle anderen Staaten der Welt sind nur noch dazu da, um zuzugucken, wie alles sich allein in den USA ereignet. Mit solchen Beschlüssen hätte man Klarheit. Am Ende gäbe es nur noch US-Amerikaner auf der ganzen Welt, da ja alle anderen Völker aussterben müssten, im Zugucken. Zuvor müsste man noch alle Gefangenen loswerden, die keine „echten" US-Amerikaner sind. Dabei wäre noch zu klären, was als „echter US-Amerikaner" gelten könnte? Menschen mit irischen Wurzeln auch? Nachgeborene von deutschen Einwanderern denn auch? Hatte Trump da nicht ein familiäres Problem? Ach so: Da würde man dann Ausnahmen machen, ach so.

Große Fragen täten sich also immer wieder auf. Selbst bei den unglaublichsten Plänen. Alle Menschen, die jenseits der USA atmen, werden mit Zöllen von 1000 % belegt. Das auch.

Atmen darf man nur noch in den USA, weil fortan nur noch die USA als „Welt" zu gelten habe.

Wer das nicht kapiert, weiß gar nichts.

Aber: Die Dinge müssen immer wieder von Anfang bis Ende durchdacht werden. Dabei hat Folgendes zu gelten. Wenn mich Felsen stören, in den USA, zum Beispiel, weil ich dann schlechter eine Straße bauen kann, dann werde ich diese Felsen mit Zöllen belegen.

Auf diese Weise schlage ich die Felsen in die Flucht. Herrlich!

Felsen mit Zöllen belegen, Haie mit Zöllen belegen, Tornados mit Zöllen belegen. Wundervoll!

Auf diese einfache und dennoch geniale Weise hatte Knut-Olaf wichtige Fragen der Zeitgeschichte gelöst.

Doch, es war schade, dass er nie in den Auswärtigen Ausschuss gekommen war.

Je mehr er über Trumps neue Filmzölle nachdachte, um so sicherer war er sich dabei.

Vielleicht sollte er also so zum Parlament marschieren, dass er für sich einen Sitz im Auswärtigen Ausschuss forderte. Als Ex-Abgeordneter-Experte.

Jeder Ausschuss der neuen Legislaturperiode sollte einen solchen Menschen in seinen Reihen haben, immer, immerzu. Vielleicht sogar mehr als einen.

Er wäre jedenfalls mit seinen klaren Gedanken erster Anwärter.

Knut-Olaf überlegte, ob er nun seinen Praktikanten Erich Altmühl anrufen sollte, damit er Fotos machen könne, wie er, Knut-Olaf, hier marschiere.

Auch eine gewisse Nähe zum Hauptmann von Köpenick ließ sich nicht bestreiten. Der andere war in eine Uniform geschlüpft. Aber waren seine nackten Füße nicht einer solchen Uniform vergleichbar.

Eigentlich hatte sich Knut-Olaf mit wenigen Mitteln zu einem Typus von Jesus „verkleidet", der nun aufs Parlament loszog.

Im Tiergarten gab es Leute, aber lange nicht so viele wie auf der Potsdamer Straße. Eher sah man Auto um Auto die Straße hochfahren.

Knut-Olaf winkte mit den Händen und schrie etwas, was sich gut und gerne wie „Kapitol" anhören konnte. Aber der Autolärm überlagerte alles doch.

Endlich fand sich ein kleiner Junge, vielleicht 9 Jahre, der hinter dem Knut-Olaf hermarschierte und dann ebenfalls „Kapitol" schrie. Das war ja mal ein erster Erfolg.

Der Junge hatte auch ein Handy, mit 9 Jahren hatte man das, weshalb Knut-Olaf es sich ersparen konnte, Erich Altmühl anzurufen. Der musste sowieso mit seinem Lieferdienstjob irgendwo unterwegs sein.

Steffi könnte kommen. Aber vielleicht war die schon schwanger. Das war ein Risiko.

Wlasko Ilic, seinen engsten Mitarbeiter von der FDP-Abgeordneten-Zeit, den hoffte er irgendwie rund ums Paul-Löbe-Haus zu treffen. Es konnte aber sein, dass er wegen seiner Doktorarbeit irgendwie in einer anderen Stadt war.

Er setzte also alles auf eine Karte, auf sich selbst, und hoffte, dass Menschen sich recht bald anschlössen, wenn er da aufs Parlament ziehen würde.

Sie waren nun schon fünf.

Er, der Junge, zwei Männer von circa 30 Jahren (hatte er die nicht schon gesehen, als die Bettelsache mit dem Mann war?), dazu ein Frau von ungefähr 50 Jahren. Dann noch ein Müllwerker mit Latzhose, der könnte um die 60 gewesen sein.

Warum diese Leute mitgingen, mit ihm, das blieb unbekannt.

Später hieß es, der „rbb" hätte ihn zufällig eingefangen, den Knut-Olaf, habe gefilmt, ein Zweierteam Ton und Kamera war es, und durch die Existenz der recht großen öffentlich-rechtlichen Kamera seien Leute auf den Knut-Olaf aufmerksam geworden.

Andere meinten, es sei doch seine Partnerin gekommen, jene Iffa, und die sei außer sich gewesen, als sie auf Knut-Olaf gestoßen sei.

Wir befinden uns jetzt auf Höhe Kanzleramt und sind schon bald am Reichstagsgebäude. Daneben wäre das Paul-Löbe-Haus.

Es müssen nun schon 200 Leute gewesen sein.

Der 9-jährige Junge fragte, wie Knut-Olaf denn in den Reichstag hineinkommen wolle?

Knut-Olaf hatte sich da noch keine Gedanken gemacht.

Die Idee mit den Totalzöllen und alles müsse in den USA fortan passieren, hatte ihn so ergriffen, dass es im Kopf dafür keine freien Zellen gegeben hatte.

Wie konnte er heute das Reichstagsgebäude stürmen, wenn heute, am 5.5.2025, da ja noch nichts passieren würde?

Die Kanzlerwahl käme doch erst morgen, am 6.5.!

Dann war da noch ein Gedanke: Wenn alles Leben der Welt sich fortan nur noch und ausschließlich in den USA ereignen würde, was hätte dann ein deutscher Kanzler für eine Funktion?

Dieser Kanzler müsste doch auch dann „in den USA passieren", irgendwie.

Aber wie?

Seine Gedanken hatten das alles noch nicht erfasst. Er hatte geniale Ansätze entwickelt. Aber ein geschlossenes Handlungssystem entstand so noch nicht.

Ursprünglich wollte er ja nur als Externer einen Sitz im Auswärtigen Ausschuss. Nun wollte er das deutsche Parlament irgendwie in Trumps Gedanken einbauen. Nur wie?

Bei den 200, nein, schon 250 Menschen, die Knut-Olaf folgten, war nun auch endlich unsere Iffa. Ja, sie hatte den 200-er genommen. Ja, sie war hier. Ja, sie sah, wie Knut-Olaf doch sehr seltsam rüberkam.

An Jesus dachte sie nicht. Sie sah seine Füße, nun richtig dreckig, aber die andere Kleidung, darunter der recht neue Blazer im Stil eine Windjacke, der ließ sie nicht an Jesus denken.

Einer aber, der hatte das Bild dabei, Trump als Papst in Gold. Dieses Bild hielt der langhaarige Mensch hoch. Hätte ein Student sein können. Aber auch ein Fahrradbote. Man wusste es nicht.

Die Menschen, die bislang nur rumstanden, um sich den Reichstag als Gebäude, danach diese 250, nein, 260 Menschen zu betrachten, dachten jedenfalls nur eines. Das ist eine Trump-Demonstration. Trump soll Papst und Bundeskanzler werden. Der Mann mit nackten Füßen hatte das alles angeleiert.

Erste riefen nun auch schon „Zölle", einfach mal Zölle. Das konnte nie falsch sein. Ein Fan der Hertha war da. Blau-weiß. Er rief das von den Zöllen wie ein Fußballfan. Trump-Zölle. Hie-Ha-Ho. So in etwa.

Ein Unioner war auch dabei, bekanntlich auch Fußball, und rief etwas von Trump-Zöllen-Papst-Frauen. Auch im Stil eines Fans im Stadion.

Iffa, die bei alledem nicht an Knut-Olaf rankam, aber doch mitlief, schrie: „Wieso Frauen?" Antwort: „Weil doch auch unsere Frauen nun in der Fußball-

Bundesliga sind. Aufstieg! Nix von gehört?!"

Woher sollte Iffa das wissen, die von Sport sehr wenig beeindruckt war.

Einzige Ausnahme: Menschen gehen, und sie versöhnen sich dabei mit der Welt, weil sie doch so glücklich sind.

Knut-Olaf, ihr „Knaf", war aber so richtig glücklich.

Wie hatte sie nur an ihm zweifeln können?!

Seine Seltsamkeiten erwiesen sich als Vorläufer des Glücks. Er wollte Trump und Zölle und die neue Regierung samt aller Ausschüsse in eine Art von Lot bringen. Nur deshalb war er aufgebrochen. Nun kam noch das extra Quentchen Fußball-Glück hinzu. Schon seit dem 27.4.2025 war dem so, aber wie sollte Iffa das wissen?!

Mit einem 6:1-Sieg gegen Gladbach haben sich die Union-Frauen vorzeitig den Aufstieg in die Bundesliga gesichert. Gejubelt wurde vor einer Zweitliga-Rekordkulisse von 14.047 Fans im Stadion An der Alten Försterei.

Die Frauen des 1. FC Union haben den Durchmarsch in die Fußball-Bundesliga perfekt gemacht. Nach dem Aufstieg in die 2. Liga 2024 sicherten sich die Köpenickerinnen am Sonntagnachmittag bereits drei Spieltage vor Schluss mit einem 6:1 (4:1) gegen Borussia Mönchengladbach den Aufstieg in die

Bundesliga. Damit hat Berlin erstmals seit 15 Jahren wieder einen Vertreter im Oberhaus der Frauen.

Gleichzeitig stellte Union auch einen neuen Zuschauerrekord für die 2. Liga auf: 14.047 Fans verfolgten Unions Sieg im Stadion An der Alten Försterei. Die bisherige Bestmarke, ebenfallls aufgestellt von Union, lag bei 6.676 Zuschauern am 13. April beim 4:0 gegen Ingolstadt.

Der Union-Fan setzte nun noch einen drauf: Wussten Sie denn nicht, dass Friedhelm Funkel zurückkommt? (Iffa kannte den gar nicht. Sie schämte sich. Ein Minister?)

Der Fan fuhr fort: Beim 1. FC Köln, jetzt aber die Männer! Der Funkel! Trainer! Eine unglaubliche Nachricht, die uns heute übermittelt wurde. Die ist fast so unglaublich, wie die Zölle-Sache, wofür der Barfuß-Herr da vorne eintritt.

Der Fan hielt ihr ein Radio hin. Die Sportnachrichten verlasen offenbar eine Original-Meldung des 1. FC Köln. Fußball und Zölle, das waren zwei Paar Schuhe, am Ende aber offenbar doch ein Hemd.

Jeden Tag geschah Neues, man wurde durchgerüttelt und durchgeschüttelt und kam bei alledem kaum noch hinterher.

Oder hatte Trump jetzt auch Zölle für deutsche

Fußballvereine verhängt? Wirksam in Deutschland selbst? Konnte doch sein, konnte doch sein.

Wie gern hätte Iffa diese Köln-Nachricht dem Knut-Olaf übermittelt. Der kannte sich mit Fußball ja auch aus.

Friedhelm Funkel übernimmt Traineramt
5.5.2025

Der Vorstand des 1. FC Köln hat mit Zustimmung des Gemeinsamen Ausschusses entschieden, Geschäftsführer Sport Christian Keller und Cheftrainer Gerhard Struber mit sofortiger Wirkung von ihren Aufgaben zu entbinden. Thomas Kessler übernimmt als Sportdirektor die sportliche Leitung. Neuer Cheftrainer wird Friedhelm Funkel. Er erhält einen Vertrag bis zum Ende der laufenden Spielzeit.

„Unsere Entscheidung ist das Ergebnis einer eingehenden Analyse der sportlichen Entwicklung in den letzten Wochen. Angesichts der noch immer großen Chance auf den direkten Wiederaufstieg müssen wir alles daransetzen, diese Chance auch zu nutzen", begründet Präsident Werner Wolf. „Wir können uns nicht auf die Ergebnisse der Konkurrenz verlassen. Das Team muss sich für die letzten beiden Spiele auf die eigene Stärke besinnen. Es braucht dafür jetzt neue Impulse. Die haben wir nicht mehr gesehen. Deswegen haben wir uns nach sorgfälti-

ger Abwägung mit dem Kompetenzteam Sport als Vorstand zu diesem Schritt entschieden."

Christian Keller hatte sein Amt als Geschäftsführer Sport im April 2022 beim 1. FC Köln angetreten. Nach dem Abstieg im Sommer 2024 verpflichtete er Gerhard Struber als neuen Cheftrainer mit der Aufgabe, den FC zurück in die Bundesliga zu führen. Nun wurden Keller und Struber von ihren Aufgaben entbunden. Aus dem Trainerstab wurde zudem Co-Trainer Bernd Eibler freigestellt.

Iffa kannte auch Bernd Eibler nicht. Musste sie auch nicht. Die Dinge waren einfach zu wunderbar. Mittlerweile waren es schon circa 500 Leute. Sie standen vor dem Reichstagsgebäude. Weitergehen ging nicht.

Vorne war Knut-Olaf. Mittlerweile war auch sein Hemd irgendwie zerfetzt. Das war so nicht geplant, machte sich aber in der Jesus-Idee gut.

Da immer noch das Trump-Plakat „Goldener Papst" mitgeführt wurde, ergänzte sich das Eine mit dem Anderen.

Jesus und Papst und Trump, das war schon eine schöne Kette. Dazu die Namen von drei Fußballvereinen: Hertha BSC, Union Berlin und 1. FC Köln.

Auf dieses Gemisch kam der Ruf „Kapitol", womit hier in Berlin nur das Reichstagsgebäude gemeint sein konnte.

Knut-Olaf schrie nun aber etwas Weiteres: „Man hat mir die Wahl gestohlen. Ich war im alten Bundestag, ich gehöre auch in den neuen Bundestag. Aber die haben die FDP kleingerechnet, dass sie nur noch 4,6 % hatte, so kam das Aus, und ich musste mein Mandat hergeben. Wahlstehlerei, Wahlstehlerei, Wahlstehlerei."

Das war so intensiv vorgetragen worden, dass auch Iffa nicht anders konnte, als von alle diesem eingestimmt zu sein.

Sie rief mit Knut-Olaf jenes „Wahlstehlerei!"

Bald riefen es auch die 500 Leute, nein, es müssen schon 600 gewesen sein.

Knut-Olaf schrie auch, er müsse in den Auswärtigen Ausschuss. Und: Alles Leben gehöre fortan in die USA. Alle anderen Länder müssten sich in die USA hinein auflösen. Die Menschen sollten alle in die USA ziehen. Ja, ab Morgen schon. Alle 8,2 oder 9 Milliarden Menschen sollten in die USA. Nur so würde man auch den Zöllen entkommen.

Das Team vom „rbb" hatte einen Planwagen entdeckt. Es spielte also jemand schon das Propaganda-Bild der Siedler. Tausende Westernfilme hatten den Planwagen im Programm, und wie man nach Westen zog, weiter und weiter, über alle Indianer hinweg, ein paar Tote, Pfeile, aber dennoch immer weiter.

Knut-Olaf bekam von jemandem ein Megaphon in die Hand gedrückt. Waren es nicht die zwei Männer von der Sache mit dem Bettelnden im speckigen Trenchcoat?

Knut-Olaf rief mit voller Stimme: „Zölle her! Wir wollen endlich Zölle haben!"

Die Bundesliga-Fans, weiblich wie männlich, wollten auch Zölle, ganz spezielle für die Bundesliga. Nur so könne der deutsche Fußball wieder richtig groß werden.

Knut-Olaf raunzte sie an: „Ihr wisst aber schon, dass alles Leben fortan nur noch in den USA stattfinden soll?!"

Die Fans schrien. „Aber ja, wir sind zum Umzug bereit. Stein auf Stein, und: Stein um Stein, werden wir alle Stadien in die USA verbringen und wieder aufbauen. Wenn die Chinesen Hallstatt Stein für Stein kopiert haben, in China selbst, dann werden wir das aber sicher mit dem Originalstadion schaffen. Wir fangen mit dem Olympia-Stadion aus Berlin direkt heute noch an! Das kommt jetzt in die USA."

Iffa war nun doch zu Knut-Olaf vorgedrungen.

„Knaf, wie schön! Du scheinst so glücklich zu sein."

„Ich hätte schon am Wahlabend, als die ersten Ergebnisse kamen, wissen müssen, dass nur Zölle uns glücklich machen werden. Aber so ist es nun mal. Alles Gute entdeckt der Mensch immerzu so spät."

„Wenn der Reichstag abgebaut wird, müssen auch wir in die USA umsiedeln."

„Sicher, Iffa, sicher. Aber es ist eine schöne Bewegung. Sieh dich um. Alle wollen Zölle, selbst die Fußball-Fans. Alle akzeptieren zudem, dass wahres Leben fortan nur noch in den USA stattfinden kann."

Die Menschenmenge wuchs und wuchs. Es waren 2000, es waren 3000. Es waren 10.000.

Knut-Olaf wurde auf einem Schild hochgehalten, wie Asterix. Er schrie nun von oben herab auf die Menge: „Wir wollen mehr Zölle. Knut-Olaf soll in den Auswärtigen Ausschuss. Der Reichstag muss in die USA."

Die Menschen schrien ein Jawohl, oder ein OKAY. Manche gar ein KO, also K.O., weil sie vernommen hatten, dass sich Knut-Olaf am heutigen Tage so getauft hatte.

Der wichtigste und lauteste Ruf aber wurde

„Kapitol". Jeder und jede wusste(n), das es sich dabei nur um eines handeln konnte. Um den Aufruf zum Sturm des Reichstagsgebäudes, welches aber heute eigentlich leer war, weil ja morgen alles mit der Kanzlerwahl und so ...

„Ja, Kapitol. Ihr wisst ja, es wird eine Amnestie geben. Das auch. Es können drei Tote sein, vier, auch sechs, aber es wird eine Amnestie geben."

Iffa wurde bewusst, dass sie voll und ganz mit drinhing. Würde es einen Menschen-Sturm geben, auf das Gebäude, würde auch sie angeklagt. Aber die Amnestie-Zusicherung von Knut-Olaf machte sie doppelt lebendig.

So erging es auch anderen.

Einer gab sich Gesandter aus Kevelaer bekannt.

Schon am 1. Mai hatten sie mit der Wallfahrt dort am Niederrhein begonnen.

Wallfahrt in Kevelaer beginnt: „Gott braucht Zeugen der Hoffnung"

01.05.2025, 16:07 Uhr, Kreisdekanat Kleve

Gottesdienst
Pfarreien
Seelsorge

Wallfahrt

Kreisdekanat Kleve

Die orangefarbenen Flaggen der Kolpingsfamilien leuchten hell in der Sonne, als sich die Prozession der Messdiener vor dem Kevelaerer Priesterhaus in Bewegung setzt und auf das noch geschlossene Pilgerportal zusteuert. Der 1. Mai ist nicht nur Tag der Wallfahrtseröffnung in dem niederrheinischen Marienwallfahrtsort, sondern traditionell auch Pilgertag in Gedenken Adolf Kolpings. Gesäumt von Messdienern und Flaggenträgern tritt Weihbischof Rolf Lohmann, begleitet von Wallfahrtsrektor Stefan Dördelmann, an das Bronzeportal und schlägt mit einem goldenen Hammer drei Mal gegen die Tür.

Mit diesem symbolischen Akt, gefolgt von einem festlichen Gottesdienst in der Marienbasilika, ist in Kevelaer die diesjährige Wallfahrtssaison eröffnet worden. Wallfahrtsrektor Stefan Dördelmann dankte in seiner Begrüßung Weihbischof Lohmann für dessen spontane Bereitschaft, die diesjährige Pilgersaison zu eröffnen. Denn eigentlich hatte der Münchner Kardinal Reinhard Marx sein Kommen versprochen. Er musste aufgrund des bevorstehenden Konklaves jedoch bereits nach Rom reisen.

Weihbischof Lohmann machte die Hoffnung zum zentralen Thema seiner Predigt. Hoffnung sei „ein großes Wort in dieser

Zeit, ein wichtiges, ein zentrales Wort", sagte der Regionalbischof für den Niederrhein und den Kreis Recklinghausen.

Die Botschaft wurde aber nun, auch für Kevelaer, quasi erhöht, denn Jesus, der Papst und Trump waren als Dreieinigkeit hier zu finden, hier in Berlin. Diese Welle würde mit der Parole „Zölle!" und dem Lockruf „Kapitol!" eine neue Art von Weihe erhalten. Kevelaer wurde hier vor Ort in die Welt-Zoll-Bewegung integriert.

Außerdem, so wurde von dem Mann aus Kevelaer betont, ließe sich das Heiligenbild angesichts seiner „kleinen Größe" super in die USA verbringen. Denn alles würde ja fürderhin in die USA verbracht, so habe es Gott offensichtlich gewollt.

Die Fußball-Fans riefen den Namen Friedhelm Funkel, als sei auch dieser ein Heiliger ... der gesamten Zölle-Kapitol-Bewegung unter Führung von Knut-Olaf Walsberger.

Der „rbb" hatte sich angesichts dieser Entwicklung entschlossen, ganz auf „live" zu gehen. Auch der YouTube-Kanal wurde hinzugeschaltet. Bei Twitch war man auch willens, zu streamen, aber einer aus der Menschenmenge müsste natürlich sein Handy dafür hinhalten, also ins Geschehen bringen.

Iffa hörte noch von Leuten nebenan, man habe ja heute auch den Koalitionsvertrag unterzeichnet.

Schwarz-Rot ist besiegelt
Parteispitzen unterzeichnen Koalitionsvertrag

05.05.2025

Die Spitzen von Union und SPD haben den Koalitionsvertrag mit dem Titel „Verantwortung für Deutschland" unterzeichnet. Ziel sei nun, das Land mit Reformen und Investitionen voranzubringen, sagte der designierte Bundeskanzler Merz.

Zehn Wochen nach der Bundestagswahl ist die fünfte schwarz-rote Koalition in der Geschichte der Bundesrepublik besiegelt. Die Vorsitzenden von CDU, CSU und SPD unterzeichneten in Berlin ihren 144 Seiten starken Koalitionsvertrag mit dem Titel „Verantwortung für Deutschland".

Der CDU-Chef und designierte Bundeskanzler Friedrich Merz sagte vor der Unterzeichnung, die neue Koalition wolle Deutschland mit Reformen und Investitionen voranbringen. Europa warte darauf, dass Deutschland wieder einen kraftvollen Beitrag zum gemeinsamen Projekt liefere. „Ich bin sehr zuversichtlich, dass es uns gelingt, ab morgen unser Land kraftvoll, planvoll, vertrauenswürdig zu regieren."

Das kam ihr aber lächerlich vor. Eine neue Weltbewegung war entstanden, sie müsste nur durch den Sturm des Gebäudes noch abgeschlossen werden.

Alles andere war da nebensächlich.

Iffa fand tatsächlich die Zeit, in alledem Chaos, ihre Mutter anzurufen, um ihr die frohe Botschaft zu verkünden.

Die Mutter begriff es aber nicht, was da in Berlin vorginge.

Iffa rief: „Schau es dir an. Ihr habt doch den rrb auf eurem Kabel. Schau es dir an! Knut-Olaf ist ein ganz Großer. Das war so nicht zu erwarten. Wir müssen nur noch stürmen, nur noch das. Und dann alles in die USA verbringen. Erzähle ich dir aber noch!"

Danach telefonierte Iffa mit der Frischmama Nicoletta. Sie schrie ähnlich überschwänglich ins Telefon wie bei der Mutter. Nicoletta musste den Eindruck haben, dass ihr Gebären nur ein Hauch war, würde man es mit der Massenbewegung vor dem Reichstag vom 5.5.25 vergleichen.

„Nicoletta, du kannst schon mal packen. Auch für deinen Mann und euer süßes Baby. Morgen oder übermorgen geht der Exodus in die USA schon los. Alles Leben dieser Welt wird fortan nur noch in den USA passieren. Wer nicht ausreist, wird sterben.

Denn alles andere Leben muss eingehen. Die Zoll-Bewegung ist so großartig und so mächtig, dass auch die von Kevelaer mit ihrer Wallfahrt bei unserer Sache dabei sind. Eigentlich ist es ja die Sache von Knut-Olaf, und die großartigen Vor-Theorien von Trump. Alles ist prima zusammengeflossen. Putin muss noch ins Boot geholt werden. Seine Atomraketen kommen auch in die USA. Und die Chinesen werden am siebten Tag dieser großartigen Bewegung auferstehen und mittun. Am Ende gibt es Zölle, alle Menschen sind in den USA und ewigen Frieden. Dazu ein einigender Papst! Putin und Xi Jinping wollen mit Knut-Olaf zusammen marschieren. Danach soll deren Zölle mit den amerikanischen Ur-Weltzöllen harmonisiert werden. Eine tolle Sache. Ja, auch ein Wunder."

Knut-Olaf machte ihr Zeichen, sie solle auch Wlasko Ilic, Steffi und Erich Altmühl anrufen. Auch noch Else Gibs-Lässig. Und die Lucia Paroli von der CDU-Geschäftsstelle. Aber niemanden von der FDP, die sollten es selber aus den Medien erfahren.

Seine Kinder?

Die würde er morgen anrufen, vielleicht seien sie ja dann schon im Flugzeug Richtung USA.

Es mussten nun schon 30.000 Menschen hier am Reichstag sein. Das Schätzen fiel immer schwerer.

Knut-Olaf kam mit seinem Megaphon gar nicht mehr durch.

Schausteller und ein Zirkus, die jeweils in der Nähe vom Reichstag vorübergehend lagerten, hatten Beschallungsanlagen dabei.

Es hieß schon, dass die Anlage von Lady Gaga von dem Hyper-Konzert, gratis, jenes in Brasilien, in Rio, nun bald nach Berlin käme.

Lady Gaga hat am Samstagabend ein kostenloses Konzert vor 2,1 Millionen Fans gegeben. Es war wohl die größte Show ihrer Karriere. „Heute Abend schreiben wir Geschichte", sagte die Sängerin zu der jubelnden Menge. „Danke, dass ihr mit mir Geschichte geschrieben habt."

Sie eröffnete die Show gegen 22:10 Uhr Ortszeit mit ihrem Song „Bloody Mary" aus dem Jahr 2011. Freudenschreie erhoben sich unter den dicht gedrängten Fans, die Schulter an Schulter auf dem riesigen Sandstrand sangen und tanzten.

Lady Gaga spielte ihre Klassiker wie „Poker Face" und „Alejandro" und wechselte dabei zwischen verschiedenen Kleidern, darunter eines in den Farben der brasilianischen Flagge. Im Jahr 2017 hatte Lady Gaga einen in Rio geplanten Auftritt aus gesundheitlichen Gründen kurzfristig abgesagt.

Vorerst musste man sich mit den kleineren Anlagen behelfen. Dafür würden die aber binnen 2 Stunden aufgebaut sein. Strom hatte man sowieso schon angemietet, die Schausteller zumindest. Beim Zirkus war es nicht ganz klar.

„Wahlstehlerei" war wieder zu hören. „Knut-Olaf gehört in den Auswärtigen Ausschuss!" Und das unvermeidliche „Kapitol"! Man hatte das Reichstagsgebäude mit dem Kapitol in den USA gleichgesetzt.

Man wollte es stürmen, ja, die Menge ließ sich nicht kontrollieren.

Vorne sollten 12 Männer sein, die zusammen das Papst-Abbild von Trump in Gold verteidigen müssten. Das war das neue Symbol der Bewegung.

Dannach kamen zweihundert Leute, Männer, Frauen, die immer nur „Zölle!" riefen. Das war ein Fest! Das war laut! Das passte.

Danach kamen Iffa und Knut-Olaf. Sie sollten wie ein Prinzenpaar eine zusätzliche Symbolik übernehmen.

Knut-Olaf hatte zwei A umgehängt bekommen. Diese Buchstaben standen für Auswärtiger Ausschuss. Demnach hatte die Bewegung auch diese Forderung aufgegriffen.

Danach kamen wieder 12 Männer, die eine USA-

Fahne trugen, aber auch zugleich beschützten und bewachten.

Alles Leben würde fortan in den USA sein. Das ganze Weltleben sollte sich nur noch dort abspielen.

Also musste man auch mehr Sterne haben, als die amerikanische Fahne bislang bieten konnte.

Iffa hatte die rettende Idee: Man sandte Späher aus, die in allen Bastelgeschäften Berlins Sterne organisierten.

Damit zogen sie später hinter der Flagge her. Nicht die Späher und Späherinnen, sondern die 1200 Leute, die einen solchen Stern ausgehändigt bekamen.

Die nächste Etappe waren Fußballfans, nun waren schon über 40 Vereine vertreten. Hertha-Fans und Union-Fans sowie 1.-FC-Köln-Fans waren dabei allerdings eine kleine Vorhut.

Zuletzt kam das Wichtigste.

Knut-Olaf hatte bedacht, dass man das Reichstagsgebäude würde verbringen müssen. Man bräuchte also Spitzhacken, um das Gebäude in Einzelsteine und Einzelsteinstücke zu zerlegen. Bzw. zu zerklopfen.

Diese würden in 4 Millionen Müllsäcke verfüllt, die vielleicht ab morgen früh in einer Art von Luftbrücke mit unterschiedlichen Fliegern in die USA geflogen werden würden.

Filmaufnahmen dürften gemacht werden, sie unterlägen aber 100 % Zoll. Das Ganze wäre erst anders, wenn die Flieger die Grenzu den USA überquert hätten, denn dann wären es ja USA-Filme und zollfrei.

Wie sich das ändern würde, wenn die ganze Welt ein einziger Zoll sei, und alles Leben nur noch in den USA stattfände, wusste niemand zu sagen.

Das würde sich bestimmt noch finden.

„Also, los!"

„Mannen und Frannen, los!"

Die Zehntausenden zogen nun auf das Reichstagsgebäude los.

Iffa dachte noch an die Kanzlerwahl, was wäre mit der?

Aber was hier und jetzt passierte, war viel wichtiger.

Durch das goldene Trump-Papst-Bild hatte Gott ja de facto seine Zustimmung gegegen.

Würden es statt 6 Toten vielleicht 12, wäre Gott wahrscheinlich auch nicht böse.

Das alles gottgewollt sei, würde schon deshalb klar, weil Gott auch den Kapitolsturm in den USA zugelassen hatte, da hatte Gott 5 Tote genehmigt, irgendwie schien es ja so. Da würden 12 oder 18 Tote auch keinen großen Unterschied machen. Wichtig sei die Begnadigung. Die dürfe man von Gott nicht im Vorhinein fordern, aber Trump als Stellvertreter Gottes auf Erden würde, zusammen mit Knut-Olaf im Auswärtigen Ausschuss, bestimmt alles regeln. Da waren sich alle sicher. Verdammt sicher.

Auffällig blieb, dass niemand das Gebäude zu verteidigen schien. Fast musste man den Eindruck bekommen, die Leute wollten, dass die Wahl am Dienstag nicht stattfinden würde. Und dass es ab dem 6.5.2025 keinen Kanzler namens Merz gäbe.

Fast.

Iffa war eigentlich froh, dass es endlich eine Regierung gäbe. Besser eine Regierung statt keine Regierung. Für Deutschland.

Da aber nun die Zölle-Bewegung ganz neue Dimensionen des Glücks anzudeuten schien, und das nur, weil Knut-Olaf heute seinen Gang vom Stuttgarter Platz bis zum Reichstag tat, sollte man vielleicht auf alle Erwägungen zum Thema Regierung verzichten.

Knut-Olaf sagte: „Sind erst einmal die ersten Plastiksäcke mit Steinbrocken vom Reichstag in den Fliegern Richtung USA, haben sich vielleicht alle

Probleme der Menschheit komplett gelöst. Vieles spricht derzeit dafür. Sehr vieles!"

Durch mehrere Megaphone wurden diese Worte von sogenannten „Nachsprechern" jeweils an Gruppen von etwa 700 Menschen weitergegeben.

Nichts änderte das daran, dass die Menge auf den Reichstag zumarschierte. Die Spitzhacken glänzten im Licht des Nachmittags. Bis zum Untergang der Sonne hätte man noch Zeit.

Erste Menschen fingen mit den Spitzhacken an.

Müllsäcke blähten sich, es schienen ebenfalls Tausende zu sein.

Die musste jemand schon im Vorfeld besorgt haben, nur wer?

Knut-Olaf gingen niemals die beiden Männer aus dem Kopf, die den Bettelnden einige Stunden zuvor geschützt hatten.

„Lass die beiden doch mal Apostel sein! Oder auch Jünger, meine Jünger, von denen ich offiziell noch nichts weiß. Aber Gott hat sie mir schon zugeordnet."

Iffa hörte das wohl und fand alles so richtig.

Diese Massenbewegung würde niemand aufhalten.

Es brachen Türen, auch das hörte man. Ein herrliches Konzert. Steine, die abgeschlagen und zerschlagen werden, dazu Türen, die krachten.

Der Reichstag war bald auf.

50 % der Leute würden nun hineinstürmen, mit dem Trump-Bild als Papst vorneweg, und er, Knut-Olaf würde mit seiner Iffa draußen die Dinge im Auge halten.

Der Gesandte aus Kevelaer erbot sich auch zu einer symbolischen Zweit-Hochzeit des Paares. Eine wundervolle Idee. Nochmals katholisch zu heiraten.

Knut-Olaf meinte, sie könnten doch schnell einen Baldachin bauen, auf dem das Wort „Zölle" stünde. Er wäre so gern so zum zweiten Mal getraut worden. Außerdem würde er die Buchstaben AA am Arm tragen wollen.

Knut-Olaf konnte sich nach diesem Massenauflauf überhaupt nicht vorstellen, dass er nicht im Auswärtigen Ausschuss landen könnte.

Wenn nicht hier, in Berlin, dann doch ab morgen in den USA.

Es kam ein erster Hubschrauber, der symbolisch die ersten blauen Säcke mit Gestein aufnahm. Zwar käme man so nicht in die USA, aber die Menschen würden einen ersten Abtransport erleben. Das wäre eine runde Sache. Das Umladen auf die Boeing wäre bestimmt kein Problem. Aber das könnten die Leute dann im Internet verfolgen.

Hier und jetzt müsse ein erster Hubschrauber los.

Knut-Olaf bekam einen Anruf aufs Handy, wobei er kaum verstehen konnte, was Sache war. Die mit dem Steinbearbeitungsgeräten (bis hin zum schlichten Hammer) machten einen solchen Lärm …

Es solle Trump sein, sagte eine Frauenstimme.

Knut-Olaf wusste es nicht genau.

Aber es sprach ein Mann. Er plapperte von Zöllen und von der großen Zollbewegung und dass er ihn, den Knut-Olaf, als speziellen Berater im Weißen Haus haben wolle.

Knut-Olaf sagte sofort zu. Allerdings könne er nicht sagen, wann er in den USA einträfe. Das Gebäude hier müsse erst komplett zerklopft worden sein, die blauen Säcke gefüllt. (Von den möglichen Toten sprach er nicht. Von drinnen waren noch keine Neuigkeiten nach draußen gedrungen.)

Trump sprach einem „good guy", und dass er mit Putin telefonieren wolle. Putin wäre bestimmt bereit, Knut-Olaf zu seinem Sicherheitsberater zu machen. Gerade das kollektive Zerklopfen des Gebäudes wäre ein wahnsinnig großartiger Akt. Putin müsste das gefallen. Allerdings wäre Putin bis zum 9. Mai, wahrscheinlich bis zum 10., voll ausgelastet wegen der Friedenssache.

Das machte man heute so: Man spräche vom Frieden, führe aber Krieg. Total übliche Politik. Wäre in Israel oder im Iran oder im Jemen nicht anders. In Syrien liefe es auch so. Im Iran doch auch. Eigentlich überall auf der Welt.

Das Gespräch wurde nun undeutlich, als ginge der Akku leer. So ein Akku war eine ganz altbackene Sache, weil der doch wieder und wieder leergehen konnte. Daran hatte noch niemand gedacht.

Aber die Zölle würden das Problem bestimmt auch noch lösen.

Die Menschen wurden jedenfalls immer wilder.

Das Reichstagsgebäude war nach einer Stunde schon zu 30 % zerklopft. Damit hatte niemand im Vorfeld gerechnet.

Außerdem hatten immer mehr Leute Durst, danach aber auch den Drang, eine Toilette zu finden.

Die Zirkusleute halfen gerne mit ein paar Plastikkabinen aus, aber für 70.000 Menschen wurde es doch sehr knapp. Bloß nicht, dass alles beginnt zu stinken. Bloß nicht. Wenn man das mit der Zölle-Bewegung zusammenbrächte, wäre das ziemlich schädlich.

„Was kann man tun?", rief Knut-Olaf, nun ohne Handy, weil dieses ja keinen Strom mehr fand.

Iffa meinte, er hätte für seinen Gang das Ladekabel mitnehmen sollen.

Knut-Olaf erwiderte, er konnte doch nicht ahnen, dass er heute zu einer Führungsfigur der Weltbewegung werden würde.

Iffa sagte, er könne sich Ladestrom suchen.

Die vom Zirkus hätten doch Strom.

Warum nicht da versuchen?

Knut-Olaf willigte ein und verließ das Schlachtfeld und die ganze Klopferei für einige Minuten.

Als er sah, dass der Zirkus über Leute verfügte, die wiederum über Elefanten verfügten, brachte er die vier Tiere mit an das Zerklopfungswerk.

Die Elefanten könnten die gefüllten Säcke transportieren. Das ergäbe ein gutes Fernsehbild.

So ging es weiter und weiter. Keinerlei Gegenwehr. Der Reichstag wurde von innen und außen zerlegt. Es gab 13 Tote, aber alles Personal, darunter 10 Putzkräfte.

Davon abgesehen war die Atmosphäre super. Viele fragten sich, was denn mit dem „Staat" wäre. Die Bundesrepublik Deutschland könnte es sich doch nicht gefallen lassen. Oder doch?

Ein Mann aus Dinkelsbühl sprach.

„Es könnte doch sein, dass Merz auch schon Anhänger der Zölle-Bewegung ist. Wahlstehlerei wird der vielleicht nicht rufen, aber die Zölle-Sache und die Welt-Erlösung via USA, das könnte den doch begeistern. Er ist ja auch ein großer Transatlantiker, der Merz."

Eine aus Kaiserslautern sprach.

„Aber wie viel Zeit wird man dem Merz lassen, um umzusiedeln. Trump wird wollen, dass alle Welt binnen 48 Stunden in den USA anlangt. Leute, die den Reichstag transportieren ... oder den Kreml oder den Kaiserpalast in Peking, die bekommen bestimmt einen Zoll-Erlass und etwas mehr Zeit. Alle anderen sollen aber bald rübermachen."

„Mir ist noch nicht klar, wie die 8,2 bis 9 Milliarden Menschen in den USA ernährt werden sollen." Das sagte der pensionierte Polizist aus Oberhausen, der sich als Berlin-Tourist wie zufällig in das Geschehen eingereiht hatte.

„Wie kann man solche kleinmütigen Fragen stellen?!"

Iffa war nun ganz und gar überzeugt. „Wer unter dem Papst-Trump-Gottes-Schutz dieses Gebäude einnimmt, der kann auch 9 Milliarden Menschen füttern. Jesus ist an solchen Aufgaben nie gescheitert. Knut-Olaf wird es auch nicht tun. Scheitern, meine ich."

Schon war der Zweifel des Polizisten beseitigt, Wie einfach es doch ging, wie leicht.

Iffa überlegte, ob sie die Mama noch ein zweites Mal anrufen sollte, um von der zweiten Hochzeit zu erzählen, die sie mit Knut-Olaf an diesem Abend noch erleben sollte.

Aber sie traute sich nicht. Die Mutter war evangelisch. Das kam hinzu, alles kam hinzu. Iffa fiel auch Scholz ein. Würde sein Abschied per Musik überhaupt zustandekommen? Alles war ungewiss, heute am 5.5.2025 war alles ungewisser als jemals zuvor.

Am 5. Mai 2025 verabschiedet sich die Bundeswehr im Bend-lerblock, dem Berliner Dienstsitz des Bundesministeriums der Verteidigung, mit einem Großen Zapfenstreich von dem scheidenden Bundeskanzler Olaf Scholz. Bundespräsident Frank-Walter Steinmeier nimmt als Ehrengast an der Veranstaltung teil. Außerdem sind neben Vertreterinnen und Vertretern aller deutschen Verfassungsorgane, dem Bundesminister der Ver-

teidigung und dem Generalinspekteur der Bundeswehr weitere hochrangige Gäste aus Politik und Gesellschaft anwesend, um Olaf Scholz und seine Zeit an der Spitze der Bundesregierung zu würdigen.

Bereits bei der Entlassung der Bundesregierung am 25. März hatte der Bundespräsident Bundeskanzler Scholz für seine Amtszeit in bewegten Zeiten gedankt: „Was unter Ihrer Führung unternommen und auch geschafft worden ist, um Deutschland resilienter zu machen und gemeinsam mit unseren Nachbarn und Verbündeten die Ukraine zu unterstützen, das war und ist ein immenser Kraftakt."

Der Große Zapfenstreich ist eine feierliche, abends abgehaltene Militärzeremonie und zugleich das protokollarisch hochrangigste Zeremoniell der Bundeswehr. Er gilt als die höchste Würdigung der deutschen Streitkräfte für eine Zivilperson.

Vielleicht würde man Knut-Olaf kurzfristig noch einladen? Als Ehrengast für Scholz. Aber bei dem Chaos am Reichstag? Würde man Soldaten dann nicht eher zum Platz vor dem Reichstag schicken als zum Bendlerblock? Oder waren musizierende Soldaten zum Kampf gegen den Mob kaum einzusetzen? Weil sie keine Ahnung mehr davon hatten, wie man kämpft?

Diejenigen Bilder, die man hier sehen konnte, waren unvorstellbar. Der Abriss der Mauer durch die „Mauerspechte" konnte in keinster Weise mit dem verglichen werden, was man hier sah.

Als hätten sich 4 Millionen Ameisen aufgemacht, waren Zehntausende am Klopfen, am Hämmern, am Hacken ... und was es noch als mögliche Verben dazu gibt.

Jeder Architekt, der Abrisse plant, jede Architektin, die Wiederaufbauen plant, würden sich die Finger nach diesem Fußvolk ecken.

Mittlerweile waren auch die Tausenden von innen allesamt rausgekommen. 18 Leichen gab es, die hatte man draußen aufgebahrt. Trauerfeiern sollte es aber nicht geben. Putin und Trump hatten alle Toten des 5. Mai 2025 schon im Voraus als Nazis bezeichnet.

Nazis hatten nichts verdient, schon ja keine Ehrung oder Andacht.

Am Ende fand es auch Knut-Olaf ganz richtig so.

Der Reichstag gehörte jedenfalls ihnen. Wenn man das Gebäude vollständig und ganz und gar in Säcke verpackt hatte, würde das große Zölle-Werk weitergehen. Man würde die Steine binnen weniger Tage überführen, in die USA. Danach begänne der Wiederaufbau.

So sollte es mit allen Gebäuden geschehe, weil die ganze Welt nun bald „die USA" sei, vor allem: in den USA.

Warum sich dieser einfache und dennoch so erstaunlich kluge Gedanke nicht schon viel früher durchgesetzt hatte, wusste niemand.

Umso froher waren alle, dass dank Knut-Olaf das Trump'sche Weitdenken sich so nun endlich in voller Fülle entfalten konnte.

Der nörgelnde Polizist aus Oberhausen, jener Rentner, sollte heute noch gesteinigt werden, aber man konnte ihn nicht mehr auffinden.

Die zwei Männer waren aber wieder da.

Auch ein Bettler im dreckigen Trenchcoat.

Iffa meinte, Heinz Gleders zu sehen, der ja die Fußballmannschaft der Abgeordneten leitete.

Immer noch? Weiterhin?

Die Dinge änderten sich binnen Sekunden.

Jetzt machte die Meldung die Runde, Jens Spahn sei nun auch offiziell zum Fraktionschef von CDU/CSU gewählt worden.

Außerdem hieß es, aus irgendeinem Lager des Herrn Spahn seien noch 2 Millionen Masken aufgetaucht, Corona-Masken. Die seien zwar nun abgelaufen, für die Zerklopferei des Reichstagsgebäudes und den Schutz der Lungenflügel würden sie aber noch tolle Dienst leisten.

Also war Spahn Teil der Bewegung. Er würde auch sehr bald in die USA reisen müssen. Welche Fraktion er dann leiten könne, das sei völlig ungewiss, weil die USA nach der Welt-Zölle-Bewegung alle Regierungen aller Welt in sich aufnehmen müsse. So eine Fraktion sei ja irgendwie auch Teil der Regierung. Da würde doch alles abgestimmt. Der Kanzler braucht die Fraktion, wenn er marschieren will. Miersch solle die Fraktion der SPD leiten, so hieß es auch. Was für ein Durcheinander. Es würde ja alles anders! Und wenn dann morgen die ganzen USA-Reisen begännen, käme wieder alles ins Rutschen.

Unfassbar!

Iffa träumte sehenden Auges.

Ja, sie war glücklich.

Aber sie wollte es nicht so dreist zeigen.

Sie müsste keine Gutachten mehr für die Bahn-Oberen schreiben. Toll. Was in den USA aus ihr würde, wusste sie nicht. Aber Knut-Olaf würde mit Sicherheit neben Musk eine herausgehobene Position am Hof von Trump bekommen. Sie müsste dann nur noch mitgleiten, hier und da bei Staatsbesuchen dabei sein, aber ansonsten ein großes Privathaus in Washington führen.

Das könnte sie gut und sicher.

Knut-Olaf hingegen wirkte beseelt. Er schien keine Medikamente mehr nötig zu haben. Nur lange Fußmärsche, dazu jesuale Erweckungen. Außerdem allerlei Geistesblitze, heute war es dieser zur Welt-Zölle-Bewegung.

Trump hatte es vorgedacht, aber den eigentlichen Knackpunkt hatte Knut-Olaf beigesteuert.

Knut-Olaf Walsberger und Iffa Walsberger, ein Paar. Bald zum zweiten Mal kirchlich getraut. Das hatte es noch nie gegeben. Das war in der katholischen Kirche gar nicht angedacht, aber sie würden es dennoch tun. Trump half bestimmt dabei.

Iffa schaute.

Es gab nur noch 20 % Reichstag.

Alle Säcke waren befüllt.

Niemand konnte weitere blaue Säcke auftreiben.

So viel Plastik.

Wie schön doch Plastik war!

Diese blöde Umweltbewegung. Die machen uns doch alles mies und madig.

Nein, Plastik müsste bleiben.

Asbest sollte ebenfalls bleiben. Der war ebenfalls nicht so schlecht, wie man ihn Jahrzehnte gemacht hatte.

Außerdem durfte Bayer niemals die Produktion

und den Verkauf von Monsanto-Gift einstellen.

Saubere Felder, ohne Insekten. Dazu diese herrliche Tönung, wenn der Boden fein vergiftet war.

Niemals durfte das aufhören! Niemals.

Egal, wie viel Prozesse es noch gab!

Iffa redete seltenes Zeug, man hörte immer nur Teile ihrer Sätze. Sie hatte auch die Kapseln dabei, für Knut-Olaf, die Dr. Strümpmann einst vor einigen Wochen so weise für Knut-Olaf ausgewählt hatte. Sollte sie selber auch mal was davon nehmen. Ja? Oder nein?

Aber morgen wären sie ja schon in den USA, da wäre alles total anders. Man konnte die Dinge noch nicht absehen. Aber 8,2 bis 9 Milliarden Menschen, die gesamte Weltbevölkerung, auf dem Staatsgebiet der USA, das konnte nur wundervoll werden. Nur so!

Außerdem würde Kanada noch hinzugenommen, das wäre dann vielleicht zu viel an Platz da!

Tja, Wasser? Das würde man mit Boeing einfliegen. Erst die Steine und Brocken, danach Wasser. Deutsches Mineralwasser in den USA würde sich bestimmt gut machen.

Mittlerweile gab es schon wieder neue Meldungen. „Eil!" Man kam nicht hinterher. Trump hatte 10.275

% Zölle auf Rasen ausgesprochen. Jeder oder jede, die Rasen besäße, müsste solche Zölle bezahlen. Es sei denn, er würde den Rasen in luftdicht verschlossenen Plastiksäcken in die USA einfliegen lassen.

Sollte das der Fall sein, würden die Zölle nur noch 10.100 % sein, also ein deutlicher Nachlass. Abgestorbener Rasen erbrächte Peitschenhiebe, das aber doch!

Rasen von Fußballplätzen in blauen Säcken würde allerdings mit 11.500 % Zöllen belangt. Hinzu käme noch ein wichtiges Detail. Es dürfte nur mit Boeing in die USA geflogen werden.

Käme jemand mit Airbus oder Tupolew, müsste er mit 20.000 % Zöllen rechnen. Dann würden auch die blauen Säcke nichts ändern.

Zu Golfplätzen und deren Rasen würde man sich in den nächsten drei Tagen noch etwas ausdenken. Bei fast 9 Milliarden Menschen auf dem Gebiet der USA bräuchte man ja auch deutlich mehr Golfplätze, um das Herz der Menschen zu erfreuen.

Iffa und Knut-Olaf guckten sich voller Glück an. Wie klug man doch in der Administration war, dort in den USA, dort unter Trump. Das hätte ja niemand ausdenken können. Diese Zölle-Bewegung war der Meilenstein der Weltbewegung. Die Rettung!

Würde der Reichstag (nahe Washington?) erst einmal wiederaufgebaut sein, würde es wundervolle Feiern und Paraden geben.

Sollte der „Große Zapfenstreich" von Scholz heute ausfallen, weil alle sich so sehr um das Ende des Reichstages kümmerten, dann würde der gutherzige Herr Trump bestimmt eine Wiederholung anberaumen.

Ungewiss sei aber, ob der der Bendlerblock es noch zeitig in die neue USA schaffe. Scholz würde doch bestimmt dann mit dem wiedererstandenen Reichstagsgebäude zufrieden sein. Nicht wahr?

Der Abend kam, es würde dunkel werden. Man hörte Drohnen. Es hieß, iranische und israelische Raketen könnten über Deutschland abgefeuert werden. Die Dinge waren nie richtig kar.

Hauptsache, endlich wieder Krieg, sagte Knut-Olaf selbstbewusst.

Iffa umarmte ihn. Seine nackten, dreckigen Füße sahen zauberhaft aus. Der Gesandte aus Kevelaer hatte den Baldachin vorbereitet, ja, Zölle-Bewegung stand drauf. Und es gab noch AA als Binde für Knut-Olaf.

Das Papstbildnis von Trump in Goldversion wurde mehrfach auf der Wiese herumgetragen. Wieder und wieder. Kaum eine Pause. – Beziehungsweise auf dem, was von der Wiese noch übrig war. (Stichwort: Rasenzölle.)

Hauptsache Krieg. Hoffentlich würde Putin sich noch zum Drohnenbeschuss überreden lassen. Allein optisch würde es die Reichstagsszenerie so herrlich „beleuchten".

Ballern musste doch sein!

Iffa sagte: „Ich muss dir noch das Ergebnis vom Autorennen mitteilen. Wo fand es statt? Wo?"

„Natürlich in den USA", sagte Knut-Olaf.

||| RESULTAT Formel-1-Rennen 4-5-2025 MIAMI
||| letzte Aktualisierung: 04.05.2025 23:56 (deutsche Zeit)
Position-Name-LAND-Name-Team-Zeit

1–Oscar Piastri–Australien–Oscar Piastri–McLaren–1:28:51.587h
2–Lando Norris–Großbritannien–Lando Norris–McLaren–+4.630s
3–George Russell–Großbritannien–George Russell–Mercedes–+37.644s
4–Max Verstappen–Niederlande–Max Verstappen–Red Bull–+39.956s
5–Alex Albon–Thailand–Alex Albon–Williams–+48.067s
6–Kimi Antonelli–Italien–Kimi Antonelli–Mercedes–+55.502s

7-Charles Leclerc-Monaco-Charles Leclerc-Ferrari-+57.036s

8-Lewis Hamilton-Großbritannien-Lewis Hamilton-Ferrari-+1:00.186m

9-Carlos Sainz-Spanien-Carlos Sainz-Williams-+1:00.577m

10-Yuki Tsunoda-Japan-Yuki Tsunoda-Red Bull-+1:14.434m

11-Isack Hadjar-Frankreich-Isack Hadjar-RB F1 Team-+1:14.602m

12-Esteban Ocon-Frankreich-Esteban Ocon-Haas F1 Team-+1:22.006m

13-Pierre Gasly-Frankreich-Pierre Gasly-Alpine F1 Team-+1:30.445m

14-Nico Hülkenberg-Deutschland-Nico Hülkenberg-Kick Sauber-+ 1 Runde

15-Fernando Alonso-Spanien-Fernando Alonso-Aston Martin F1 Team-+ 1 Runde

16-Lance Stroll-Kanada-Lance Stroll-Aston Martin F1 Team-+ 1 Runde

17-Liam Lawson-Neuseeland-Liam Lawson-RB F1 Team-DNF

18-Gabriel Bortoleto-Brasilien-Gabriel Bortoleto-Kick Sauber-DNF

19-Oliver Bearman-Großbritannien-Oliver Bearman-Haas F1 Team-DNF

20-Jack Doohan-Australien-Jack Doohan-Alpine F1 Team-DNF

||| DNF = did not finish